平路作品集1

聯合文叢 396

浪漫不浪漫

◉平路／著

浪漫不浪漫／目次

〈第I章〉一件事的看法

【推薦序】

第1節 性別黑盒子

第2節　巧思與別解

第2章 一個人的生活

〔第2章〕

一個人的生活

第4節　天琴座的故事

第5節　相思病與食人獅

第3章 一座城的身世

第1節 我的私房景點

第2節　我的城市浮想

第3節　我的香江故事

【推薦序】

光影邊緣

范銘如

自從平路去香港擔任繁忙的公職，散文似乎變成她唯一跟讀者溝通的媒介了。《何日君再來》出版以後，平路的小説，對我這樣的資深小説迷而言，幾乎要像是絕唱了的〈廣陵散〉。剛開始在報紙上瞄到她的散文，也只得姑且抱著聊以解饞的心情一讀，讀著讀著，心裡不由得隨之莞爾、隨之激盪、隨之神馳，掩卷而意未盡。到後來，打開副刊，眼光會自動去搜尋她的專欄，這家報紙的專欄到期了，再跟著她轉臺到別家的新專欄。《浪漫不浪漫》是集結這兩年來的散文精華。聰敏如平路，只要有心經營，任何文類手到擒來並不令人意外，但眼看她的左手眞的把散文練成足以跟她的小説左右互搏的獨門功夫，還是不由得想對她擺出個五體投地的姿勢。

散文易寫難工，加上名家如雲，要能突出自己的風格並不容易，平路在語言的淬煉和題材的裁取上皆有其匠心別具的特色。早期她的散文以議論取勝，文字也較爲剛硬耿直，近年來即使是寫文化評論，她的語彙句構有一種靈轉律動的韻致。平路絕對是知性的，她的現實感中卻往往夾帶著悠悠然的往日情懷，明知回不去或到不了的理想執念，在她以喃喃、迂迴、綿延的私語敘述時，尤其散發出嫵媚、慵懶的性感。例如談到聯合國公布的文件即將採取簡體字，她先從客觀理性的面向捍衛繁體字，話鋒接著轉回自己的書寫經驗：「『字』對我而言，像是神祕的符咒；一串綿密的字，其實另含著一幅疑幻疑眞的地圖」，「有的時候寫個句子，還希望字跟字站在一起看來登對，它們手牽著手也胖瘦得宜、穠纖合度」。描寫起比較女性的話題時，這樣的文字特色尤爲鮮明。「我的唇膏顏色叫作卡薩布蘭加（喔，褒曼的紅唇……），眼影顏色叫作 espresso ink（喔，咖啡的濃香……），唸著這樣的名字，一點一點擦抹。有時候，又好像在做手工（剪雙眼皮的形狀卻像在做剪貼），……也爲了回到小女孩時候的自得其樂。」慧黠世故的熟女口吻，加上一點點遲疑的、延宕的語調，平路的語言清清醒醒中竟有種微醺的感覺。

一直以來，評論者總是讚譽平路既理性又感性、遊刃於政治、科幻、偵探、後設小說等技巧中解構歷史家國大敘述，質疑業經竄改冒用女性的或私我的論述。她的題材多元、技藝多變，兼具男作家議論公領域的視野以及女作家對日常文化生活的敏銳。平路的敘事技巧誠然多變，但是我覺得理性或感性、大敘述或小敘述，並不足以解釋平路創作——小說及散文——最精采的地方。我認爲從平路眼花撩亂的題材裡其實可以看出她一以貫之的關注：她喜歡凝視眾人目光投射所在的外環、光亮邊緣處若顯若隱的灰暗，推敲被漠視的、被隱匿的、難以言喻的曲曲角角。她寫宋美齡、宋慶齡、鄧麗君，這些名女人長期享受著公眾的注目、同時承受著大眾任意的詮解，平路著眼的既不是她們青史上的定位也不是從可畏的人言中翻案。平路擅長的是從或眞或假的說辭、蜚言、耳語的交織比對，反反覆覆地編就出她們淡出光暈之外的生活心情可能有怎樣的周折？粉墨謝場之後，素淨的臉上留存著那些深深淺淺的紋路？平路當然不是唯一取徑此道的作家，但是她擬想的角度、揣度到人性處境的各種明暗，總能觸動讀者平日（故作）麻痺的神經，在她的洞見裡鑑照我們的盲點。她這幾部著名的小說如此，《讀心之書》裡，寫梅豔芳喪禮的散文亦令人動容。這本書裡也一樣由芭蕾舞談江青、談《藝妓回憶錄》眞實女主角岩琦峰子對電影公司興訟的緣由。

《浪漫不浪漫》從書名上就擺明了探討浪漫／不浪漫之間，重點在斜線區塊那個難以下標點斷句、意義懸而未決的「不」字。大家認爲很浪漫的事，平路未必同意，而她覺得心有所感之處卻在一些意想不到的地方。例如繁榮的香港，到處聳立著新穎獨特的都市地標或者最流行時尚的文化景觀，但是讓她興發浪漫懷想的景點不是什麼域多利監獄遺址就是入夜後荒蕪清冷的銅鑼灣街道，那也罷了，竟然還有「蘭桂坊」旁邊、「奇華餅家」的二樓、晾著的四角底褲的陽臺。理由是：

五彩的四角內褲，就讓它迎風招展。儘管緊鄰「蘭桂坊」，但，帝力於我何有哉？這兩竿晾曬的衣服，鮮活、俗豔，還有點旁若無人，像是廣東話的勁道。……管你什麼鬼佬、觀光客，管你附近開了時尚店，反正我這裡占著地勢，過街的人都要仰頭張望，看到我家的兩竿衣衫，醒目不？文化震撼你最好照單全收。……

寧可像這家人這麼生活，就像我們在臺灣過日子，也經常是住商合一，街景充滿著參差的趣味。有時候人聲車聲、店鋪招牌，空間浮蕩著一團燥熱；轉個身，樹蔭裡又找到靜謐的小弄堂，其中還有美感、還有寧靜閒適的追求。

而我現在暫住香港，將來有一天離開，心裡念念不忘的，……我寧取這曬衣服的一方陽臺。

這種浪漫的眼光，是個人的，某種程度上，也摻有性別的因素。「對小男孩，世界太嚴肅，總有沉重的負擔等在前面。而女性偏處一隅，依然保有工作中的趣味心性。」女性的祕趣無所不在，生活裡一支唇膏、一盒電捲、一雙鞋子、一件衣服，都可以引發一大堆有的沒的遐想，自得其樂或跟女朋友們互通聲氣，一路玩得好開心。女性既陶醉其中，又大方的自我解嘲、解構，笑自己無謂的抗老工程，嘲諷坊間什麼美容整型、減肥塑身，都不如選一面映照起來滿意的鏡子來得有效。平路寫來，妙趣橫生又處處機鋒，點出女性日常實踐中可愛、可笑或可嘆的思惟。

平路寫遍了名女人不爲人知的私密故事心事、也寫遍了平凡女性的庸俗世態，獲得了學界和一般讀者的掌聲，男性女性都叫好。沒想到才寫個名男人，竟然就踢到鐵板一塊，惹來當事人興師問罪。其實如果仔細品評〈浪漫不浪漫〉及其續篇或是對她歷年的小說內容稍有涉獵，不難發現作者批評的並非老少配本身，現實人生中各種機緣配對本來就沒有絕對的是非周全。平路更在意的，還是媒體稱許「好浪漫」、「好勇敢」這種附麗於名人光環的僞善。老男人配小女人一直就是我們社會上到處可見的交往常態，老科學家與其幼婦只是把這個年齡差距推到極致罷了。外人雖然無需，也無能，揣測兩人情愛濃度或其中的交換經濟，卻也不必吹捧成一則劃時代的愛情佳話。在眾（男）人欽羨的眼光之外，平路留意到的卻是「劃時代」——橫隔其間巨大時差——帶來的寂寞感：

無從跨越的還有……兩人之間兩個甲子的時代，其中難以跨越的時代感。他的生命章節已經寫到最後，而前面那些關鍵的章節，蕭條異代不同時，她甚至尚沒有出生，又怎樣用超前的心智一起去重數、去緬懷、去相濡以沫？

即使兩人偶有溫馨的時光，不是昂揚、不是燦爛，像是站在晚霞的迴光裡，隨處帶著淡淡的哀愁，或許因為快樂而悲傷，或許因為悲傷而快樂……

這樣的分析並無人身攻擊的嫌疑。何況平路從《讀心之書》以迄這部新著，一直思索著、也提醒讀者嚴肅面對，老的細節。關於父母也關於我們（社會），逐步邁向老化的現象。何以引來科學家的震怒？難道是因爲想像老男人「眼前飛著細小的蚊子，視網膜有破洞，膝蓋頭也颼颼地風濕骨刺，睡到夜晚有欲尿的感覺，站著，憋氣，卻又像滴漏一樣遲遲出不來。」戳破了男性「老而彌堅」的「一尾活龍」迷思嗎？女性抵抗歲月的種種技巧心思向來被男性大肆嘲笑、甚至女性自己也不避諱地自我解嘲。怎麼女作家消遣一下男性的老態，就惱怒如此呢？

我同意平路，男人的世界眞不好玩，還好，我們生來就在女人這邊。

〔第 I 章〕

一件事的看法

第1節　性別黑盒子

浪漫不浪漫？

不久之前，音樂會中見到那位老科學家與他的新婚妻子。

其實，我見到的是他們的後腦袋，唧唧咕咕不時在私語。看起來，年輕妻子頻繁請教，得過諾貝爾獎的老科學家耐性作答。小鳥依人一般，妻子時時把一頭秀髮靠了過去。

結束時他們起身，沿著走道往出口走，眾人讓路，眼光裡有朝聖般的景仰豔羨。男士們大概也深受鼓舞，有為者亦當如是；女士們瞪著她光潔的面孔，這一刻優劣立判，是的，年輕就是勝利。

兩人十指緊扣，走道兩邊頻頻輕呼：「好浪漫！」、「沒見過的，真羅曼蒂克。」

這麼樣目光所聚，背叛了世俗？不，我要說，他們恰恰是切合於世俗。

＊

遠遠看著，白髮紅顏，像浪漫的佳偶。

幾乎掩沒了真相。尤其我們的儒家傳統溫柔敦厚，總為賢者諱。不像日本，作家習慣寫作誠實的私小說，譬如川端康成、谷崎潤一郎等人，將老之際，便用文字坦露面對年輕女性蒼涼而異色的心境。

但在儒家傳統的道袍之下，老夫少妻的匹配對照於社會期待，反而相得益彰：他們是常規的遵循者，不是頑勇的叛逆者。

男性家長制的權威操控，其實，正是儒家文化中被一再遵循的家庭模式。儒家的丈夫角色如父如兄，因之，最可以消受白紙白璧般無知無瑕的小女人：幼齒的「幼」、尚青的「青」、乃至雛妓的「雛」，對男人來說，意味著無須拚搏就可以輕鬆操控。更何況儒家文化對女性的訓育也著重在妾婦之德：所謂的婦德、婦工、婦言，都教女人及早放棄自己的自主性，甘願把心智停留在稚嫩的髫齡。

對妻子，畢竟是一種太長久的壓抑，所以儒家文化的家庭結構包含著隱隱的暴力：日後，不滿足的婦人用扭曲的慾望或變態的凌虐，掌理家、支使子媳、或頓挫那隻無能的老獸。

＊

真相是……老夫少妻怎麼過日子？

眼前飛著細小的蚊子，視網膜有破洞，膝蓋頭也颼颼地風濕骨刺，睡到夜晚有欲尿的感覺，站著，憋氣，卻又像滴漏一樣遲遲出不來。老男人的夜，實情像葉慈的詩篇〈航向拜占庭〉嗎？

An aged man is but a paltry thing
老年男人無非瑣屑小事
A tattered coat upon a stick
竿子上盪著一件破布衫

還有彼此體溫也解決不了的孤獨。

見諸艾瑞絲・梅鐸（Iris Murdoch）的丈夫 John Bailey 描述他們晚年相處的書（英文書名是《*Elegy for Iris*》，中文譯成《輓歌》），寫到「我們在彼此身上看到了孤獨」，當楊振寧碰到翁帆，老年的孤獨碰上青春的孤獨，加起來，說不定正好是小說家馬奎斯的題目：一百年的孤獨。

無從跨越的還有……兩人之間兩個甲子的時代，其中難以跨越的時代感。他的生命章節已經寫到最後，而前面那些關鍵的章節，蕭條異代不同時，她甚至尚沒有出生，又怎樣用超前的心智一起去重數、去緬懷、去相濡以沫？

即使兩人偶有溫馨的時光，不是昂揚、不是燦爛，像是站在晚霞的迴光裡，隨處帶著淡淡的哀愁，或許因為快樂而悲傷，或許因為悲傷而快樂……

問題是，誰會告訴我們這樣的真相呢？

＊

對隱然合於流俗的事，華人世界總喜歡錦上添花。因此，這「美麗的禮物」，目前看來，將為大師的晚年紅袖添香；為傳統老男人的生命，添加上令人羨慕的尾巴。

我在意於它強化的仍是某種「迷思」（Myth）。教導俗世男女，追求最傳統的標的物。偏偏有人說他們充滿勇氣。這是混淆視聽的說法。

其實，他們依著傳統的模式相遇與相交，像是某種形式的郎才女貌、某種形式的各取所需，其實並非異類的情愛，亦算不上艱辛的苦戀痴戀，過程既不驚世、也不駭俗，後來婚禮果然祝福盈庭，如果要說當事人有勇氣，他與她的勇氣加起來也比不過任何一位毅然出櫃的同志朋友。

明明是在傳統架構裡鑲嵌得宜，卻名之為浪漫、名之為勇氣，而我擔心的尤其是這浪漫的「迷思」將影響深遠：它關係著女人繼續把皮相青春當作本身可欲與否的唯一標準。

〈浪漫不浪漫？〉續篇

寫過楊振寧與翁帆的老少配，再幾日，二〇〇六年一月十九日，臺灣的《聯合報》上，恰恰刊載了一則相差六十六歲結連理的消息。

孟老先生九十三歲，婷婷二十七歲。他是山東藉的老榮民、她是公園流浪的弱智女。孟老先生一九四九年隨國民黨軍隊到臺灣，始終獨居。婷婷從小就輕微智障，流浪在公園裡，經常橫遭欺負。四年前，當時年近九十的孟老拄著拐杖散步回家，樓梯間看見一個女孩倒在地下，頭部還流血，老先生隨即報警，叫救護車……，後來，孟老先生乾脆好人做到底，又幫著付了一萬多元的醫藥費。病癒出院，婷婷亟需住的地方，老先生也希望有人做家事、推輪椅。這一老一少湊在一起，其實是兩全的安排。

住在一起，卻引來閒言閒語。房東既擔心老先生惹上麻煩，又不忍心弱智的女孩再度流浪。在房東與社區服務員的促成下，到法院公證結婚，成了相差六十六歲的一對新人。兩人名為夫妻，狀似祖孫，社區服務員的形容是：「孟爺爺是婷婷的腦袋，婷婷是孟爺爺的手腳。」辦結婚手續，其實還有另一層現實考量：孟老一旦亡故，婷婷還能夠以眷屬的身分領一半月俸，有七千多元新臺幣，加上每月四千元的殘障津貼，生活上勉強過得去。

這則消息，乃是因為新上任的縣長走訪，偶然間報導出來。政治話題鬧嚷嚷的臺灣，大家最多當做趣聞軼事，當天的版面就過去了，未曾激起一絲漣漪。

＊

孟老與婷婷擠在六、七坪的屋子裡，站起身就會頂到低矮的天花板：「牆上，掛著兩人的結婚照，照片上，男女主角少了筆挺的西裝和華麗的結婚禮服。」報導中提到這對老少的相處細節，山東腔對上閩南語不免誤解叢生，教育程度的差異也常起勃谿。譬如縣長十八日到訪，婷婷接到通知，在筆記上先寫了十八，加個「縣」字，但「縣」太難，寫不出，只寫了偏旁，搞得老先生事先不知道這回事，所以操著山東腔埋怨：「哎，她就是大字不識一個。」「要壺，卻拿來杯子，難道不生氣？」

想著兩人相互磨合彼此取暖的真實生活，記起我年輕時讀過的小說《將軍族》，陳映真筆下，退役的喇叭手在康樂隊裡遇見苦命的逃家女孩，那位三角臉的老男人對小瘦丫頭說：

「要是那時我走了（指一九四九年離開大陸）之後，老婆有了女兒，大約也就是你這個年紀吧。」

同是天涯淪落人，情話也就是那樣的平淡如常。小說裡，老男人又像個父親，呵護著無人疼惜的小女孩。

後來兩人重逢，在吹喪樂的儀仗隊裡再次相遇。上次分離，老男人悄悄留下退伍金給她贖身還債。一時千言萬語，都濃縮成年齡懸殊……帶來的滄桑之感：

「才不過四、五年。可是一個日出，一個日落呀！」

「才不過四、五年。」

「老了，老了。」

「你老了。」

＊

日出日落，總是時不我予。小說描寫畸零人之間的相濡以沫。同病而不同命，苟延到死而不離不棄，在千瘡百孔的現實中，卻絲絲縷縷……嗅到了令人心動的浪漫氣息。

像是孟老與婷婷。

可惜，男主角不夠俊，女主角不夠美，商業電影不會拍他們的故事。

對人生的真切情境，我們願意……理解多少？

每天在雜誌上、報紙上，總有 Party 裡人們的集錦照片。名人儷影雙雙，對鏡頭擠眉弄眼，做出恩愛的形貌。宴席上戴什麼，穿什麼，手指套著幾克拉鑽戒都是報導焦點。閱聽大眾像飼料雞一樣被餵養、被填塞，誤以為尋常人生亦當如是：我們若不曾那般的幸福模樣，只因為我們不曾那般的權勢與富貴。

譬如老少配，這諸種滋味在心頭的艱難相處，卻可能由於男方是諾貝爾得主、或者是富商巨賈企業主，便也脫離了現實，烘托成為值得嚮往的浪漫情事。正好像我們看待名人總用雙重標準，舉例而言，對經營之神的王永慶、博彩之王的何鴻燊，對他們妻妾成群的家室竟然由衷欽慕：只因為是豪門，似乎一切有解，也自然解決了包括重婚觸法的問題。媒體報導中，三姨四姨爭奇鬥妍，一片花團錦簇，由於那是富貴人家，觀眾便露出妒羨的目光？忽略了父權之下，玲瓏心竅的女子們總不免……千紅一盃（悲）萬豔同窟（哭）的哀愁命運。

每次看見媒體裡的社會示範，我偏不以為然其中的偽善性。同樣的邏輯之下，我不是反對老夫少妻，我只是反對將名銜、地位、財富、容貌等表面的附麗，當成通往幸福的金光大道。這類媚俗的說法，既虛構了所謂的「浪漫」——那是需要堅貞勇氣與叛逆精神的精誠所致，它也遮蔽了人們清亮的眼睛，以及眼睛裡對人生實況的體察……以及悲憫。

關於老年的禁忌

孝道的掌故裡有一則「老萊子綵衣娛親」：老萊子行年七十，卻把自己弄得小丑似的，「臥地為小兒啼」，換個角度想想，竟有一番悲涼的況味。

九十幾歲的父親真的要看這場滑稽戲？七十歲的兒子真的想演這場滑稽戲？在我看來，這不是一個快樂的故事。

按照原意，老萊子這樣做，為了讓父親覺得孩子小而自己沒有老。在這個假象之下，名為孝順，多少……意味著兩代之間，對「老」這件事溝通的困難。老萊子小丑似的，瘋瘋癲癲演一場鬧劇，在我們文化裡成了孝道的基本教材，這齣鬧劇又一再捲土重來。其實，我們大可以模仿馬克思在《路易波拿巴之霧月十八》的說法……鬧劇捲土重來，於是成了悲劇。

悲劇性在於——隔代之間才能夠產生相憐的感情。「先同稚子舞，更著老萊衣」，人與人相處寧可留在「老人」與「稚子」的兩端，父子間卻缺乏真正的相知相惜。父子間難以交心，難以向彼此透露年老的真相，特別是關於年老的細節。

＊

這是個祕密：我們未被告知老年的真相。

以敬老為名，事實上是敬而遠之，把老年真相從意識層遠遠地隔離出去。我們的傳統講究敬老尊賢，但對於老年的實況，並不願意近距離去理解。

於是，老人家沒有足夠用的辭彙形容自己的狀態，怎麼說都有點辭不達意，一般人關於老態的形容，聽在耳裡，要不然因為迂闊而失真，要不然因為真實而顯得猥瑣。在我們文化裡，「老」反而成為不可說的禁忌。

老年人自己難以言傳，社會便隔著一層，只好按照比老年人年輕的思惟去理解「老」。這恰好是另一種無知的源頭：人們在老年真正來臨之前，根本不願意模擬老的境況。寧願奢想本身是個例外，可以逃脫這種宿命——即使別人會老，自己也不會老。像是年輕人經常發出豪語，活到四十歲，甚至三十歲，就已經好老好老，夠了，可以結束了……。

老萊子，說不定，不知道如何啟齒，如何說出這個祕密，便在地下翻滾了起來。

＊

女人尤其老不得。

Anti-age，這是所有女用化妝品的關鍵字。Anti——幾乎是反抗外侮一樣在抵禦！「老」，對所有女人而言，都是個髒字眼。她試著用各種方法來延緩，不，掩飾，不，她甚至痴想要停頓時間，甚至翻轉時間的行進方向。

換句話說，女人怕老。女人總害怕，害怕變成比現在更年老的那個自己。即使眼前這一刻，她也在攬著魔鏡自欺欺人：我，看起來，其實不像「我」實際上這麼老。

這場註定了敗北的戰役裡，女人，與自己身體為敵，竟與身體此一刻進行的狀態（英文的 **Aging**，是一個正在進行式）為敵。

＊

男人，不論他承不承認，恆常也在面對年齡的焦慮。

男人，喜歡年輕女子，原因之一，乃是要印證（並強化）自己的（繼續）年輕。古早的採補之術，也佐證這樣的思惟。

自從《抱朴子》的年代，傳統中一路都有「陰陽之術，不死之道」的說法。於是，自然而然的兩性歡愛，對男人而言，竟然多出了功能的考量。「房中術」之類的書甚至包括了技術層次，警告尤在於不要貪色耗精。教導男人為了長生不老，必須犧牲……盡情盡意的愛與歡愉。

道家的說法，具體地，把女性身體比喻成為丹爐，供男人煉製長生不老的仙丹；而第一次的童女身體，根據這類的學問，對男人保持青春尤有特效。性別關係中，老男人為什麼夢想年輕的、沒有經驗的身體？……關於延緩老年，道家比儒家提供了更切實的希望。

＊

對老年，包括老年的面容、老年的身體，人們何嘗定睛去凝視？

美國已故的攝影大家 Richard Avedon 曾經花了很長時間拍下絕症末期的老父親。展覽現場一幅幅瀕臨死亡的老年樣貌，引來陣陣驚詫。世人議論著攝影家因為殘忍？還是因為親愛？……。Avedon 把自己的老父親定格在相片上，除了追求真實，同時也讓世人驀然發現，是什麼，直接銜接著死亡？換句話說，死亡並不在一瞬間來臨，老年與死亡，可以是一組連續性地、須與不失的照片。

平時，人們很自然地偏過頭、閉起眼，何嘗願意仔細地看？……時光飛馳，竟任由時光飛馳，親人的老、自己的老，我們寧可否認、寧可漠視，卻不去如實辨識，也不去體察老年生活真正的幽微之處。

＊

老年，在一般人心裡，乃是一個嚴重地、更嚴重於死亡的禁忌。

當年，釋迦牟尼還未成佛，他還是嬌生慣養的悉達多王子。王子微服出宮，塵埃之下，望著街上缺牙咧嘴流口水的老年人，他一時驚駭，只因為原來被保護（遮蔽？欺瞞？）得太好，竟然撞見了不該讓他眼見的禁忌。

如果有人被描述老年的文字觸動，或者，在人們集體心靈裡，之所以受驚，亦因為不小心瞥見了——老年樣貌的真相吧！

結局總是大團圓

二〇〇六年夏天，「青春版」的《牡丹亭》二度到香港。果然姹紫嫣紅，美不勝收。《牡丹亭》本是湯顯祖的扛鼎之作，白先勇製作的「青春版」更把崑劇美學發揮到極致。

《牡丹亭》劇本的敗筆，倒是結尾的俗套。一句「柳郎，拜了丈人吧。」這最後一景，讓穿越生死的「至情」（注一）在倫理情境中變得淺薄了。舞臺上齊聲稱頌：「福分在，福分大」，接著唱：「齊見駕，齊見駕」、「真喜洽，真喜洽」，搬演著奉旨成親那一套：「周堂內是這朝門下」，於是，一干人拜謝皇恩成其好事。

湯顯祖寫青春少艾寫得叛逆，死去活來讓人迴腸婉轉，然而，藉著浪漫愛所換來的絕對自由……到結尾，皆大歡喜的一場戲，又被傳統力量收束回去。

＊

結局總是大團圓。

有人說，乃因為看戲的中國人太苦了，喜劇收場，變成一種現實中的慰藉。

同時，也因為劇中的老生老旦，從一開始就被當成樣板人物（注二）！辭官後的半百之年，湯顯祖完成了《牡丹亭》，杜麗娘與柳夢梅這對小兒女寫得活靈活現，杜氏老夫婦卻草草著墨（注三），依著傳統模子打造的老爺夫人，總的來說真是乏善可陳，可惜了作者本身年歲的獨特滄桑，也辜負了他那言情解意的獨門細膩。其實，我們承襲的藝術作品裡一向只有「樣板」老人，除了家庭結構裡的家長之尊，就是白髮天涯的耿耿孤忠：劇目中有報國無門的悲涼、出師未捷的憾恨，或者是將門一家子的慘悽……，老驥伏櫪，志在千里，劇中人的抱負總在千里之外，對咫尺內的老年情境，包括：怎麼樣在屋子裡一步一步踱到黃昏——少有近距離的刻劃。

比起我們文化的「樣板」老人，對於老年，日本作家較有直視的勇氣，甚至不吝於表現怪誕。直到今天，他們喜用現代筆法白描老年：譬如川端康成的〈睡美人〉，那是生命的原欲的挫敗，他描寫垂暮男人江口，描寫他著魔一樣，只想躺到赤裸昏睡的年輕姑娘身邊。年輕女人服用了藥物，江口這老男人什麼都沒做，第二天醒來卻覺得滿足，這一覺睡得像「小兒一般甜美」。另一篇〈獨的臂〉，主人翁想要借女人的一隻手臂，借來，帶回家一個晚上……。

川端寫的是青春的視覺暫留？或者是死亡近在咫尺，只好用感官刺激證明自己還在頑抗？即使什麼都不能夠做，和著年輕女人的鼻息，也可以逃避那分分秒秒的荒蕪之感……

與東方人相比，西方人對待長者用平常心：老人不一定睿智，而活到老，不必然代表生命情境的益趨和諧。譬如，老人家做壽的場合，就常被劇作家當成「刺點」。像是田納西・威廉的《朱門巧婦》（*Cat on a Hot Tin Roof*），場景圍繞著老爸爸（**Big Daddy**）過生日，孫兒孫女捧著大蛋糕出場後，作為戲劇張力的「刺點」——重複著，尖刺一樣直指人心地——則是一句對白，也是西方人生日常說的祝福話：「**Many happy returns**」，快樂時光再回來，至於會不會回來？能不能回來？……那是其中的弔詭之處。

*

我們的文化卻不容許這一類的「出位」，老人被擺放在兒孫滿堂的家庭裡，更被強置為（強解為？）一個兀自圓滿的境界。

換句話說，老年人分派的既是福蔭子孫的位置，便也代表人生境界的高標，因此他不能憂、不能惑，不能夠自我表述生命將盡的惶恐感覺。想想傳統家庭的壽宴就知道了：老人笑呵呵地，坐在圓桌中間，顯出福福泰泰的壽者相。廳堂裡擺著紅木的壽星公、陶瓷的大壽桃，人們把「福」與「壽」連在一起稱頌，「壽比南山」一定還要「福如東海」。老年人嵌在瓜瓞綿綿的幸福圖畫裡，他又怎麼言說這複雜的內心話語？怎麼提問人生最艱難的命題？

真實的老境如此難以言喻，也難怪，藝術作品無以處理結尾，即使是湯顯祖的《牡丹亭》（注四），到了最後一幕，也只得大團圓交差了事。

（注一）所謂「至情」，湯顯祖在〈牡丹亭題詞〉中自己講得最清楚，「死者可以生，生而不可與死，死而不可復生者，皆非情之至也」。

（注二）《牡丹亭》劇中，父親被寫成是「片言難入」的老男人，杜夫人也只是中規中矩的傳統母親角色。

（注三）著墨草草，老旦的唱詞中倒也偶見真性情，譬如原劇第四十二齣，〈移鎮〉中兩句唱詞：「有什麼命夫命婦，都是些鰥寡孤獨！」十四個字，唱出官宦命婦敗絮其中的老境。

（注四）對自己的作品，湯顯祖也最滿意《牡丹亭》。湯顯祖嘗自述：「一生四夢，得意處惟在牡丹。」

安與不安？同與不同？

動人的藝術作品總在無人之境潛行。

李安曾說，《斷背山》是個「敏感而嚇人」（sensitive and scary）的題材。果然，它讓觀眾惴惴不安，潛入的是個異性戀與同性戀的灰色地帶。

＊

兩個男人在做什麼？汗漬漬的兩個男性身體能夠做什麼？

最令人不安的是，他們對彼此做的居然蝕骨溫柔。導演細膩地運鏡，描摹著女作家安妮普露在原著裡寫的：Ennis從Jack身後面靠近，抱住他，身姿都是站著，Ennis的呼吸緩和寂靜，悄聲囈語，且在營火中前後微微擺動；Jack倚靠Ennis，應和他的心跳，漸漸昏沉失神，居然以站姿睡熟了。

誰是0號？誰是1號？又怎麼區分？……一點都不似我們對男同志的刻板印象。

後來兩人分隔異地，Jack想起當年那一幕就心酥蕩漾：想念的其實是擁抱，那次睡意濃重的擁抱，在回憶中，無關乎性愛，卻關乎親密的分享。

分享的是寂寞、軟弱、憂傷，是無路可出的人生情境。香菸廣告上的西部牛仔竟然……與另一個男人，這親密多令人不安。

*

不安，也在於其中的不確定性。

《斷背山》劇本在完成後曾流落多年，乏人問津。疑慮的問題在於，會不會僅僅拍成「同志片」？

電影推出後在美國遇上抵制，李安本人也加入了辯護，他說這不是，不是同志電影。他擔心因為同志標籤而窄化了其中普世性的意涵。

恰似電影裡 **Ennis** 與 **Jack** 爭辯著的，從帳篷裡的第一個晚上，身體交纏之後，對白屢屢迴盪著電影的主題。

Ennis 說：「你知道我不是同志。」（**You know I ain't a queer.**）

Jack 說：「我也不是」（**Me, either.**）

是與不是？戲裡戲外，爭相否認。

但另一方面，同性的愛與異性的愛，到底有什麼不同？有沒有模糊的灰色地帶？

……聽聽李安自己說：「說到愛情，我對老婆的愛，一個男人對另一個男人的愛，是沒有分別的。」

*

模糊，比確定下來，更讓人不安。

電影裡，**Ennis**的父親讓兒子定睛觀看，看清楚同性戀者被割除生殖器的死法，只剩一塊血淋淋的爛肉，還要在砂石中繼續拖行。父親牽住兒子的手展示給兒子看（驚悚的尤是**Ennis**相信，下毒手的正是自己父親），難道父親對本身是與不是，他自己也從不確定？

以父之名，一方面以嚴刑禁絕，免於父權社會從根柢瓦解的威脅；另一方面，則用英雄硬漢的形象做楷模，強化男子漢的陽剛氣質。

牛仔咬嚼菸草，馳騁草原，玩的是繞繩圈馴野牛的馬背遊戲，《斷背山》卻悄悄戳穿了這幅假象：牛仔男人自怨自艾，因為戒不掉另一個牛仔男人。

許多男人，在潛意識裡都有這疑惑吧……堅拒呢？還是戒懼呢？……掉下去不可自拔怎麼辦？

就好像故事中**Ennis**的自承心境：「我喜歡跟女人搞，沒錯，可是耶穌老天啊，跟這個（與男人）沒法比。」沒法比，屬於某種「悖論」：正因為害怕被誘惑，這壓抑本身，卻又加深了誘惑的強度！電影裡，**Ennis**與**Jack**的聚首總是躲躲藏藏，而時光稍縱即逝，那一瞬的震顫光景，像拜倫的名句：「把剃刀拿在手裡，才知道生命的銀絲這麼容易斷。」

男人與男人，男人與女人，那一瞬的震顫光景，哪有截然的不同？——禁忌的幽深處，乃是浪漫愛的最顛峰。與同性戀比較起來，異性婚姻在社會規範中進行，而所謂的「天作之合」，常是按身價相互配對，連兩家人的需求也湊合在一起：記得《斷背山》電影裡 **Jack** 那個有錢岳父送來嬰兒牛奶的一幕？象徵著金錢與發號施令之間的家庭權力……也因為這樣，電影裡到最後，**Jack** 夫妻變成通個電話都嫌多的冷漠伴侶。

但另一方面，**Ennis** 與 **Jack** 過得怎麼樣？

像電影裡所描繪的，兩個拙笨的男人，這份浪漫愛讓他們掙扎、否認，他們慌亂求索，換個角度看，卻正似法國哲學家福寇（**M. Foucoult**）說過，同性戀者，代替異性戀者探測愛情的無人之境。

難處是——怎麼繼續存活？同時又繼續浪漫愛的強度？——浪漫愛需要叛逆的勇氣，需要與建制決裂的巨大能量，但這「悖論」的另一面：無論同性戀者或者異性戀者，這份浪漫在現實生活中終將難以為繼。

＊

電影院裡，藉著《斷背山》的藝術化境，你一時淚光閃閃，你不安，但你依稀記得，你記得自己也經驗過無比強烈的情痴，飛鳥絕跡之地，萬丈懸崖之上，你回想那愛戀怎麼存活？後來為什麼不曾繼續下去？……模糊地、迷濛地，你設身處地，已經滑過了同性戀與異性戀的無形疆界。

難道這亦是：每人心裡都有一座斷背山……的另一層意涵？

《夜宴》的內在矛盾

馮小剛導演的電影《夜宴》裡，結尾時，章子怡的婉后角色稱帝，她對著一疋紅綢子自言自語：「我只喜歡茜素紅，因為，它紅得像人的欲望。」這時刻，背後射過來一枝冷箭。結尾前的三十秒鐘，她墜倒了。

導演這麼匆匆「結束」她，確定要讓婉后的欲望不能夠得逞，也為著解除觀眾的焦慮吧。

否則，一部陽剛的電影裡，結尾出現的是有可能千秋萬世的女皇帝，將讓人坐立不安。

＊

電影院裡看《夜宴》的當日，我正重讀多年前以英文本轟動一時的書《江青同志》（*Comrade Chiang Ching*，或譯《紅都女皇》），當年在一九七二年，江青破例接見美國學者維特克夫人（Roxane Witke），在文革的光景裡談了十次話，作者根據談話記錄寫成此書。一九七七年，英文本問世後，立即引起了軒然大波。

翻開二〇〇六年首度問世的中文版，對我這讀者而言，場景稍稍拉遠，歷史的隙縫反而顯露無遺，見微知著處包括，江青一再在訪問中強調，她自己是一個「戰士」。

除了說「我是一個戰士」，江青還說：「在解放戰爭期間，我在直屬於西北戰場的一個特遣部隊擔任政治講師，我仍然保持軍人身分。」江青對維特克一位美國女性，有意識地強調她自己在一九四七與一九四九年西北戰場上的角色，正因為她要提醒別人自己參與了那場戰役，是戰場上的一員。

固然，槍桿子出政權，但江青為什麼需要特意強調？難道她體悟到若不能歸屬於軍人身分，並以此撤換下女性身分，她自己永遠是受排擠的一個異端。

隔著三十年的光陰回頭看，當時，維特克的描述甚至詼諧而逗趣，「她（指江青）總是突然中斷對軍事歷史的敍述，帶著明媚的微笑，有時轉向牆上懸掛的主席書法，有時玩弄小巧的白蘭花環，有時擺正放在我扇子上的茉莉花。」

私下裡，江青的「軍事化」始終是不完全的。

＊

以我一個局外人的眼光，令人納悶地也包括：比較先後期的照片，江青臉上的柔和光韻怎麼樣在歲月裡消失無蹤。一九三七到一九四五年左右，屬於江青的延安歲月，外國記者的敍述裡，她其實是一位有吸引力的女人。這些記者滿懷理想主義，或有溢美的想像，但在當時叫作「藍萍」的女人身上，確實洋溢著明星的曼妙氣質。漸漸地，江青常在公開場合穿上戎裝，她也比喻自己是毛主席在文化領域的「巡邏兵」，到後期，不只像忠貞的革命同志，她的樣貌儼然是一位風霜上臉（所以眼光凌厲？）的老紅軍。

「中華兒女多奇志，不愛紅妝愛武裝」，毛一手掌控意識形態，江青又以毛的好學生參與權力場的鬥爭。她愈來愈賣力，她自以為是的文藝領域，包括把女性與軍隊這兩個元素勉強嫁接在一起，出來的就是芭蕾舞劇《紅色娘子軍》。

芭蕾舞，在我眼裡，一向表現的是某種脆弱美學：超細的腳踝、微微屈張的腳弓、傷患繃帶般的芭蕾舞鞋、以及從腳尖往上牽引的懸絲力量，皆在顯現陰性氣質裡的脆弱性。江青卻意圖用芭蕾舞寫軍事史。只好蠻幹硬幹，把某些芭蕾的場景動作混入她熟悉的西北戰役，主角們拿起刀槍（甚至手榴彈），捆上紅綁腿、繫上紅領巾。她還讓角色們攥緊拳頭，表現決心與憤怒。

「紅色娘子軍」的內在矛盾太大，注定是四不像的一場鬧劇。

江青自己，她的人生也在爾後變成了鬧劇：毛死後，有權力有欲望的遺孀必需連根拔除，她這位「紅都女皇」，就在一場擬似宮廷政變裡猝不及防地倒下。

＊

電影院裡看完《夜宴》，我要說的還是其中過分充足的陽剛性。

《夜宴》劇本或者有《哈姆雷特》的影子，留在觀眾視網膜上的卻是它空泛卻驚人的視覺效果（注），其實，不只《夜宴》，或者之前張藝謀的《英雄》、《十面埋伏》、或者陳凱歌的《無極》，問題皆在於大製作大陣容，其實是用陽剛的語彙系統，甚至是以文革式的極端（燦爛？）調性，聲稱在處理一些人心裡幽微的感情。

就好像《夜宴》裡隨處都是不必要的嗜血鏡頭：總在滴血，砍下來的頭顱還流著血，自殘時候，銀幕上更是血跡斑斑；鬥劍的幾場群戲，水潭裡、竹林中旋轉著墜地的血窟窿。觀眾一邊接受到劍氣、血光等聲色刺激，過一會，就要聽葛優用冷肅的聲調唸出：「是復仇的欲望使你穿越了死亡之谷，抑或你的憂鬱打動了女人的心，維繫了你的生命？」

——此情此景，難怪觀眾要笑場。

我免不了想到《紅色娘子軍》的內在矛盾——完全不同的元素硬生生揉合在一起，必然揉成了一場鬧劇。

（注）間中偶有佳作，當那些舞俑在〈越人歌〉裡如落花般飄落時，那一瞬，充滿了悲愴感。

《浮花》情事

電影《浮花》（*Volver*，臺譯《玩美女人》）是大導演阿莫多瓦（Pedro Almodovar，或譯艾慕杜華）的新作，西班牙小鎮 La Mancha 的勁風颳砂，從一群掃墓的女人拉開序幕。

潘妮洛普克魯茲（Penelope Cruz）飾演強韌的母親，她是馬德里機場的清潔工，早上才把丈夫屍體放入凍箱，馬上打起精神接單生意：替拍電影的一大夥人準備晚餐，為了掙錢生活，她必須堅毅。做男人的可以懶惰、可以跟女人胡攪爛纏、可以對家庭不負責任，電影裡的潘妮洛普克魯茲必須努力存活，還要教女兒怎麼樣存活下去。於是她勤奮、她變通，她賒來做晚餐的蔬果食材、再巧手捧出餵養三十人的菜餚，其中顯現討生活必需的小狡小獪，也顯現對著砧板（如同獨自清理凶殺現場）的刀俎力道，像是導演阿莫多瓦自選的一張唱片裡的歌名：Nothing compares……

力氣無與倫比，做了母親的女人。

※

其實，每一位母親必然從生養孩子的經驗裡體認：母性除了是滿腹溫柔，也可以是滿腔暴烈：如果有人欺負到自己的幼雛，跳起來、撲上去，手臂上滿是鼓脹的力氣，出自動物本能，瞬間發揮不可能的力道！

手刃一個男人，又算什麼？

關於這強烈的母性，希臘神話裡有最適切的隱喻：那時節，天神與人類還可以一起廝混。司生長的女神叫作狄蜜特（Demeter）。狄蜜特的天性快樂無私，並且慷慨地傳授人類農耕的技巧。有一天，冥王看上了狄蜜特的女兒，悄悄綁架到地府。狄蜜特傷心欲絕，她四處尋找女兒，憤怒到了極致，狄蜜特下達殺無赦的詛咒：令這世界一年四季成為嚴冬，種子也失去生機。

狄蜜特見不到女兒，她的暴烈情緒驚動了幽冥與天界。直到女兒回到她身邊，她才重展笑顏，同時世界上又有了春天。

這一則神話的啟示在於：母親的生命重心是女兒。

根據這則神話，地面上之所以四時行焉、萬物生焉，皆源自母女相聚的生命歡愉。

*

對比於早期流傳的希臘神話，關照我們眼前的現實世界，其中出現某種有意的「刪減」，換句話，這些年間，悄悄偷天換日，父權社會一手接一手，悄悄幹下了篡改、抽換的勾當：關於女神崇拜，狄蜜特這樣的性格女神不見了，常見的是標準版的單元形象：那是張開雙手靜靜等在那裡的聖母瑪利亞（或者形象相似的觀音、媽祖），一般見到的女性（母性）神祇僅僅等同於被動的溫柔、親切的撫慰。換句話，少了暴怒時主動出擊的力道，所謂的「母性」並不完整。

——或者說，經過「刪減」之後，女人天性是馴化後的殘缺：無以顯現暴怒時驚天動地的力道，她的能量從此也消滅了一半。

而異曲同工，父權傳統底下另一種「加工」是：藤蘿附著大樹，跟男人的關係成為她生命的主軸。正因為這不可或缺的重要性，男人也變成女性互相競爭之標的物：女人，順勢被「塑造」成為一心仰仗男人而以彼此為假想敵的物種。

＊

《浮花》電影裡，阿莫多瓦筆下的眾多女主角們卻不是這樣。

跟男人的關係重要，哪有那麼重要？——男人讓她們碎心，碎心過後，擦乾淨眼淚，並不妨害在砧板上切番茄剁骨頭準備餐食的現世感。

電影裡，女兒殺了人，母親毅然頂罪，而且無暇多想，同時就要張羅以後的日子：面對著一把才殺了人的凶刀、水槽裡沾著大塊的濃濁血跡，血沖乾淨了，她接著還要繼續洗刷沾著剩菜的盤碗。

在阿莫多瓦的描繪下，女性心胸豁達，也是生活的壓力讓她們更加沉穩、堅毅。幸好還有同樣心跡的同性朋友，從通融賒帳到協力棄屍，見證了女性間二話不說的友誼相挺。於是在《浮花》電影裡，看遍世態之後，婦人們彼此扶持，患了絕症也相惜、相守。

母女間的情愛，以致母女輪迴般的相似命運，說的正是女性間緊密的生之連結。

＊

阿莫多瓦是一個叛逆的導演。近年來，他的作品聚焦於被視為異端、或者違反倫常的愛，片中充滿了對變性人、畸零人的同情，這部《浮花》中，他回頭來致力於刻劃滄桑的女人。

《浮花》電影的原名叫作 ***Volver***，西班牙語原意是「回歸」，正好像大導演回到出生地拍這部電影，亦是這些歷盡生命風霜的女性（當她們在勁風裡擰著墓碑上的砂……），讓觀眾與生命驚人的的原始力量……打了一次照面。

愛男人？還是愛藝術？

環繞著《藝妓回憶錄》（*Memoirs of a Geisha*）這部電影，多數批評聚焦於「東方主義」立論的角度：片中美侖美奐的櫻花園林，乃是迎合西方人視野的典型「東方」。但在我眼裡，電影最值得探討的，卻是它的賣點所在：女主角痴情終生的浪漫。

導演勞勃．馬歇爾（**Rob Marshall**）讓女主角小百合（章子怡飾演）揉著一條男用手帕，屢屢吐露九歲稚齡便情有獨鍾，對長自己許多歲的男主角（渡邊謙飾演，原文是 **Chairman**，翻譯成「會長」、「董事長」）終生不移的專情，而這樣的主題源自於亞瑟．戈爾登（**Arthur Golden**）的同名小說，在小說裡，英文原文以女主角的第一人稱說自己——**becoming a geisha only to win the affections of the Chairman**。

如果不是為了對這個男人的愛情，根本成不了藝妓。

＊

電影導演加上小說作者，對藝妓生涯做了雙重變造吧！

對藝妓來說，人生的主旋律與其說是愛情，毋寧說是藝術。若干年的業精於勤，舉手投足皆是藝術的精髓，整個生命也成為藝術的具體展現。實際上，若非那樣的專注，不可能成為紅極一時的藝妓。

正好像所有的藝術領域，巔峰處絕無倖至。換言之，如果有所謂真愛——她所愛的更應該是藝術。

作為小說資料主要來源的藝妓岩崎峰子（Mineko Iwasaki），在有別於亞瑟・戈爾登的變造而寫出的真實自敍中，自己說出這個真相：許多年下來，支撐她的是藝術境界的淬煉，才會無怨無悔，把青春年華悉數投入。

由於「藝」，令藝妓獲得有別於「妓」的身分，甚至與男客的妻子都有一種待之以禮，超乎競爭忌妒的分工。實際上，男客在意淫之餘，往往也希望濡染到藝妓身上的藝術氣息。

＊

藝妓訓練一端是藝術的鑽研，另一端則是女性美的極致，把身上的陰柔氣質……發揮到了頂點。

卻又因為這特殊的敏感，她的身心像黏土，聲色場合留下觸痕印記，包括心不歡必強笑、酒不勝必強飲的委屈，以及對姊妹們色衰愛弛的感同身受，長久下來，即使有情，她的情，必然有著異於常人的質地內涵。

另方面，亦因為牽扯上金錢的交易，她的心事不可能不複雜。相較於侯孝賢最近的電影作品《最好的時光》，其中第二段以臺灣大稻埕作背景，一樣是處理藝旦的心境，在接近默片的沉靜氣氛中，比起《藝妓回憶錄》就深刻多了。片中男主人翁是倜儻文士（當時他亦步亦趨跟著梁啟超先生），藝旦卻懷著贖身的期待，藝旦問起對自己身世有無打算，男子只能夠無言以對……。

鏡頭中的這份深刻，或者由於侯導演近年對弱勢性別的關注：藝旦做小伏低，也習慣於洞悉人情世故，長此以往，到底剩下多少……對歡場中出入的男人付出真情——或者說，純情的可能？

即使從良，應該也是出自平凡生活的嚮往。就好像上面講到的岩崎峰子在當令的二十九歲結婚，從此離開藝妓圈，她從未說過自己遇上了轟轟烈烈的愛情。斯時斯刻，理由不是愛情，乃是爾後的生涯規劃。

＊

正因為這行業的邊緣處境，卻也意味著從業者有自擇人倫的自由。

我們漢文化裡，曾經出現過一些以色藝踰越倫常的女人。從魚玄機，薛濤，……詩詞餘韻可以想見她們當年的生命情調，或者顛覆、或者反叛、或者瘋狂……，夾雜著青春歲月的嘆惋、錯失機會的悃然，「枝迎南北鳥、葉送往來風」的同時，早已經不是以愛上一個男人為歸宿的傳統女性角色。

鍾情於藝術，也屬於其中一種……自我的選擇吧！

*

男作者習慣在「腹語」中道出女性的情痴，卻對女性真實生活的注記略過不看。雖然真相難覓，就像電影裡可以假小百合之口說出，**A story like mine has never been told**。若仔細尋找，在西方女作者筆下，關於藝妓，仍有一些真實面向的記載。譬如美國人類學研究生 **Liza Dalby** 在京都實地做藝妓的見聞，或者《國家地理雜誌》的女攝影家 **Jodi Cobb** 的書中，都有這個行業的實錄。反過來看，《藝妓回憶錄》的作者戈德爾對如何梳成一個桃形髮髻都可以不厭其煩地細細白描，為什麼對女性心境反倒視而不見，沒見到她心竅裡的幽微之處？

所以結論是：那屬於某種偷天換日！男性社會想要用「腹語」的伎倆，把她收束回來，硬要替她「重建」一套傳統價值，「虛構」出如妻子般，圍繞著一個男人綿延終生的愛戀。

至此我們明白，為什麼真實主人翁的岩崎峰子會對《藝妓回憶錄》不惜興訟，批評後來的結果，「完全不是那回事。」（**It was not that way at all.**）

對女人纖巧的靈魂，這描寫——完全不是那回事！

男人的黑盒子

老舍在一篇〈想北平〉中說過，「我真愛北平，這個愛幾乎是要說而說不出的。我愛我的母親。怎麼愛？我說不出。……言語是不夠表現我的心情的，只有獨自微笑或落淚才足以把內心揭露在外面一些來。……真願成為詩人，把一切好聽好看的字都浸在自己的心血裡，……」

作為一個讀者，想著尊敬的作家老舍，重讀到這一段，我其實是不滿意的。怎麼愛？他說不出，用了幾行字，他也真的沒說出來。什麼是這個要說而說不出來的愛？好像一個黑盒子，糊裡糊塗許多東西，一古腦兒都丟進去了。名之為對北平的愛，嘆惋的可能是與那個城市相連的記憶，包括青春的追懷、悵惘的初戀、不可能重來的時光……

身為女性，我遺憾於黑盒子中泯滅的紋理。

身為女性，我坦承，對自己出生的地方，以及對許多旅居過的城鎮，我都有深深的眷戀，甚至千方百計想要再重返故地，但不可能像〈想北平〉這樣告白，更不可能用母愛類比，做這一類疏闊的描述。

我驚異於性別間不同的心靈地圖。

＊

不同，因為身為女人，不可能由著自己有這麼模糊不清的愛？

女人總具有植根於生活的現實感以及對環境的適應力。自己一手打點的家園裡：我的親人、我的物件，乃至我的貓狗寵物，都可能比土地更為相親。

對土地缺乏像老舍那般沛然的愛，或者，如同前面一篇文章提到的：女人都是所謂的腹語娃娃。娃娃比手畫腳，後面總有人以「腹語術」替她說話。從「性別」的集體記憶看：千年來，香草美人的文字傳統下，明明是思慕明君，男作者卻假美人以托己志，一遍又一遍，假托女子的聲音，替我們女人寫出「君懷長不開，賤妾當何依」之類的虛假句子。

久了就弄假成真。自貶為「賤妾」的同時，女人也這樣形塑對本身的認知，而她情之所寄，總是寄於具體的人。女人的歸屬、女人的歸宿，就是她全心寄掛的男人。至於對某一個地方，那牽憶總是適可而止。像女詞人寫的：「人情好，何須更憶，澤畔東籬。」（李清照〈多麗・詠白菊〉）

怎麼樣還原、重組女性的集體心靈？

＊

那麼男人呢？

可有人試圖解析男人的集體心靈？

聽起來，男人對模糊的疏闊的意象，反而容易產生模糊的疏闊的感情。像老舍，他在上面所引的〈想北平〉說自己愛土地譬如愛母親，會不會是個遁辭？長大的兒子繼續企盼母親，那是寧願停留在……被動而懶惰的狀態。

接受付出而不必付出，享用奉獻而毋須奉獻，被人照顧而吝於照顧別人，對不停嚷嚷著思慕母親的成年男人，心裡想要什麼？……其實也是個黑盒子。

若要深究為什麼，男人總以跟母親的關係作為譬喻，而辭彙中習用「母」土、「母」國，為什麼母親的意象與宏大的字眼一向多所關聯，我們便有理由懷疑傳統中的母親角色，真的是「沒有陽具的父親」，更適合在私領域與公領域之間穿針引線。想一想，但凡歷史上典範母親——岳母或者孟母——出現的場景，總是教化意味濃重的故事。像是要兒子坦露背脊，刺下「精忠報國」，其實，岳母決行的是君臣父子的儒家倫理。換句話，在兒子身上刺字的岳母，不只教忠教孝，岳母更教誨兒子要移「孝」作「忠」，同時她也順便移花接木，以振振有辭的偉大庭訓，抽換掉了兒子心中私自的、體己的、離別時纏綣纏繞的情懷。

＊

對男性來說，私領域的兒女情長，便意味著公領域的英雄氣短。

對私己的感覺、對需要細膩勾織的心緒，成年男人都有些木木然。日常生活裡，同樣為了虛張聲勢？男人們寧可聚成一圈談政治、談黨國、談國家大事，談自己其實並沒有能力置喙的事，也不願意多去碰觸切身的貓狗小事。提起女人，要不，用曖昧的情慾氛圍表現輕蔑，要不，對身邊的柔情伴侶故意不屑一顧。

唯當對象是土地、民族、國家一類堂皇的題目，才允許自己像老舍寫的那樣：「真願成為詩人，把好聽好看的字都浸在自己心血裡。」

Vogue 的青春版

美容院裡捧起了八月號的英文版《*Vogue*》。剪下來的頭髮一綹綹落在雜誌下，阻擋我的視線，不時要撥開它，我卻仍然盯住書頁，一頁一頁向下翻頁。

因為它真是好看。

眨眨眼睛，眨掉碎髮絲，我居然被感動到想要……掉淚？其中一篇是《紐約時報》專欄作家 **A. M. Rothenthal** 遺孀寫的悼亡文章。題目叫作〈**Rites of passage**〉。今年五月，八十四歲的 **Rothenthal** 突然過世，文章樸素而真切，寫出了不知道接下去要做什麼的那種茫然，而夫妻倆一起決定的日常小事，瑣瑣細細：包括出去不出去吃飯、要不要轉換投資、是不是去診所做檢查之類的，她說，此後——**Who cares except myself?**

這位遺孀本身也是媒體名人，她叫作 **Shirley Lord**，曾經做過《*Vogue*》與《*Harper*》雜誌的主編。

除了髮型、皮包等女性時尚，……八月號這本《*Vogue*》還有一篇大野洋子（**Yoko Ono**）的專訪。洋子在專訪中說，「雖然（約翰藍儂被槍殺）二十五年了……一個人時，黃昏、暗夜、清晨，還是會心痛難忍。」專訪中的她依然個性鮮明、活力十足，今年七十三歲，看來她會繼續叛逆下去。

女性雜誌上讀到的這些女人，像是先行者，她們走在前面，指點後來的人怎麼樣過人生，怎麼樣維持不墜的創造力？——簡言之，女人要怎麼辦？女人要怎麼老？

我感覺到相親。

其實，回望我自己的成長經驗，女性雜誌一直有它不可取代的位置。從初中時代傳閱在少女之間的《*Seventeen*》到後來兼具女性意識的《美麗佳人》、《*Vogue*》等等，除了時尚、除了衣裝、除了那些長腳細腰的模特兒，……烹飪蒔花布置房間的常識，也點滴進入生活中。

我曾經在文章中寫過，英文的 Aging，是一個正在進行式。它正在進行，裡面有什麼？——我急於知道。

*

我拿起同樣的《*Vogue*》。

由英文變成為中文版，簡體字版或者繁體字版，如果做內容分析，差異在於這中文刊物——變成了「青春版」。

豈止這本《*Vogue*》，中文的時尚雜誌大都鎖定少女口味，抽換掉的篇幅，其實是它原先的關於 aging，age 加上那個「ing」——那個歲月悄悄進行的過程，其中包括：女性可以互相分享的心智經驗，不只是皮膚的變化而已。

因為中文版的讀者群比較年輕？還是編輯所界定的、所設想的讀者比較年輕？——我想著兩岸三地的女性，與西方相較，為什麼我們雜誌上只有青春少女？而報刊的名人櫥窗裡，似乎也缺乏成熟女性風韻的、多元的、甚至散放著知性光芒的衣著品味。

像在香港，成年女性的服飾總有某種規格化：要不當作身分象徵，穿制服一樣穿著名牌；要不，就把自己餓得瘦骨嶙峋，以便塞進 petite 的袖珍「童裝」之中。至於臺灣的婦女，一般而言，服裝透露的訊息仍在自己怯於長大：動輒加上太多的荷葉邊、蝴蝶結，衣裳變得趣味繁瑣，正好像當她開口表達意見，先要吞吐咿啊一番，加上一些很卡哇伊的語助詞。至於大陸的成年女性，問題似乎在另外一重，問題在於身上殘存的集體思惟（年輕時做過「黨的女兒」嗎）？總之，婦女們才微近中年，就紛紛捨棄自己性別的嫵媚多姿，成了看起來很「安全」的中性同志。

從少女，直接邁入賈寶玉眼裡死魚眼珠般的「師奶」，中間刪除了成年女人成熟風情的階段。

算是合理的懷疑吧——相對於西方而言，我們因為儒家的禮教，克己復禮之餘，或許更難以由女性自身的角度，追尋身體裡那妖嬈的、奔放的、豐饒的、狂野的、與時俱增的生命情調，其中包括，怎麼樣由著記憶的舊愛生出了新鮮的慾望？怎麼樣聽著自己肢體吟唱出前所未聞的歌？

傳統裡的女性，既是依男性需要而「建構」（其實是「虛構」）出來的角色，許多時候，她便止步於依著父權期待下的青春幼齒階段。《唐人傳奇》裡霍小玉怕的是「一旦色衰，恩移情替」，倫常之外的奇女子尚且如此，一般女性更不能免。偏偏**aging**是個現在進行式，滴滴答答的時鐘一秒不停，而近代小說家之中，張愛玲看得最為透澈，她在〈傾城之戀〉裡冷冷寫道：「你年輕麼？不要緊，過兩年就老了，這裡，青春是不希罕的。他們有的是青春——孩子一個個的被生出來，新的明亮的眼睛，……一年又一年的磨下來，下一代又生出來了。」

女性在這體系裡成長，一方面千方百計地妄想留住青春，另一方面，卻又清楚覺知到「青春是不希罕的」，這種自憐，其實是自厭自棄，更根本地，則代表我們性別的自我異化：努力塞進娃娃裝裡的身體與明辨世事的冷靜腦袋之間的分裂狀態。

時尚雜誌是某種反映：翻著這樣的雜誌，我感覺到把（希冀的）「身體」與（真實的）「自己」硬生生切分開的裂變！

暴力的小處著眼

這個週末，臺灣的電視新聞，一再重播 Call-in 節目的衝突場面。一言不合，跳起來，來賓對另一位來賓的鼻梁揮拳頭。現場直播中，只見語言溝通何其無效，眾目之下竟出現了肢體動作！此時此刻，擅於製造衝突的媒體環境，以及臺灣政治上的藍綠對立，都該為這暴力行為負責任，但我突發奇想，我寧可從小處著眼……我在想，那樣的攝影棚中，或者少了什麼？

少了……一間可以關起門來的洗手間。男士來賓上節目之前，半分鐘一分鐘也好，多少讓浮動的心情定一定。

我們女性，需要靜一下、需要整理情緒、需要清理頭腦，關上門，就有屬於自己的私人空間。若不存在這方寸之地，補妝的需要之外，心情上，也會感覺到一絲絲緊張吧。

*

男性動輒出現暴力行為，他們到底少了什麼？

依照佛洛伊德的理論，女性在童年發展中都經歷過「陽具羨慕」：小女孩甚有反省力，看一眼光裸的小男孩，皆會自覺於本身缺了什麼？缺了什麼重要的東西？

小女孩長大，長成了成熟女人，卻發覺男性伴侶才叫作問題叢出。這時候，總可以舉一反三，試想，男人是不是也少了什麼？

所以，我靈機一動，男性缺少的東西之中，或者也包括隨時關起門，讓自己安靜下來的一處洗手間。

*

每星期一集，我曾經追著看《*Ally Mcbeal*》的（臺灣譯作《艾莉的異想世界》，贏得過艾美獎）電視劇。劇中人工作的律師樓，設置的是男女通用的盥洗室。裡面分隔成幾個小間，每一間都有門，每一間都是封閉空間。UNISEX的盥洗室，變成劇裡重要的場景之一。劇中人的情緒常在這裡有所翻轉。無論男女，進去盥洗室，關上門，在那個私密空間之內，望著衛生紙捲發呆的瞬間，都可能是情緒上的某種契機。有時候，在裡面靜思默想了一陣，再推門出來，洗手時對著鏡子，已經是另一番體悟：說不定，就已經……有勇氣重新面對困難。

無論男人或女人，愈在公共場所，愈需要一個私密空間。就像在球場上，球員需要停住腳步，隨時為自己叫一個「暫停」。

*

純屬男性的盥洗室裡，上廁所的時候也是肩併肩，只能夠肩併肩做一樣的事。就好像在純屬男性的運動場所，更衣室裡一條長板凳，男人肩膀挨著肩膀換衣服！感覺到呼吸、感覺到體熱、感覺到汗味，男人總隨時隨地感覺到旁邊男人的存在。

太多的公共空間、太少的私人空間，總是集體的動作、總是公開的行為……若把小說家看作見證人，由於昆德拉當年在故鄉捷克的經驗，針對私人與群體的問題，他在《生命中不能承受之輕》寫過：「腦子裡有一個公眾，意味著生活在謊言之中。」我把這句話稍微變一變：「上洗手間時旁邊有一個公眾，意味著生活在謊言之中。」

謊言，在某個層次上，就是其實無關私己的空話與大話。究竟什麼樣的養成教育？讓男人心裡總存著一個「公眾」，懸絲傀儡一樣，他在公眾的、集體的語彙下隨時受到召喚，他隨時等著被強力動員，而自己這一方的公眾組合（有時候叫作「幫派」、有時候叫作「族裔」、有時候叫作「國家」、有時候叫作「人民」……）受到挑戰，他立即像鬥雞一樣，出現賁張的情緒。

與女性比較起來，男性對集體的事務過度熱衷，對自己的心緒、或對跟自己最相關的私人情愫卻無從表達。壓抑久了，有時候只好藉著酒精（有時還要加上酒後的肢體暴力），才能夠如實宣洩。

莫非少了什麼？少了什麼重要的東西？……莫非在盥洗室裡，少了那層間隔的緣故？

*

女作家維吉妮雅・吳爾芙寫過《自己的房間》，……原來不是書房，啊哈！她說的是化妝室裡一間間的封閉空間。

在辦公室、會議廳、地鐵站、運動場所……，如果，公共場所的男盥洗室裡略作間隔，打掉連成一氣的便池，間隔出男士們「自己的房間」。那麼，男性的失控狀態，包括各種情境下的暴戾行為，會不會大幅度減少？

性別平等的盥洗室私密空間？——這是留待未來的議題。目前可舉的例子不多，試想……機艙裡男女通用的化妝室吧！也難怪飛機上的旅客，不分男女，對著隔座的陌生人，都可以一瞬間撤除武裝，突然有了傾吐心思的興趣。

第2節　巧思與別解

未來世界的文字導覽

我這樣的人，很少想到反抗。從來不會想到地下組織之類的事。

近幾個月，真想挖個地洞，把一些美麗的字珍藏起來。洞穴之中，人們繼續印繁體字的報紙，收藏與流通繁體字的圖書……

在我寫小說的腦子裡，這時候的聯合國，變成一個暴力集團。自從某一年，他們公布的文件採取簡體字，我最喜歡的一些字，才從世界上消失了。

躲在地洞中，帝力與我何有哉？

*

為了抵禦這 2,238 個簡體字（其實，一九五六年大陸公布的「一簡」，只有 515 個字），竟想藏身進洞穴裡，說起來，與自己的主觀經驗有關吧，既然跟本身認字的記憶相牽扯——又不可能逆反時鐘，把這些經驗抽換掉——就容許我用主觀的語言來表達：坦白說，受衝擊的先是自己的審美觀。

我總覺得繁體字的書比簡體字的書，看起來細緻。

在臺灣，目前有人主張申報跨國組織：把繁體字登錄為「人類文化遺產」。對於這主張我有點不明就裡，「遺產」嗎？聽起來像「萬里長城」，像是埋在灰沙裡的廢墟了。

＊

我心裡的疑惑在於：自己對繁體字的偏愛，完全因為敝帚自珍的美學，或者，其實是有更正大的理由？

心情上已經偏頗，找到的佐證，恰巧是合乎我主觀認知的說法：

包括，用簡體字真的會省下時間？據說有研究用一百篇「人民日報」的社論計量，繁體版平均 9.15 畫，簡體版平均 7.67 畫，一個字只精簡了 1.48 畫。無論如何，在今天電腦漸漸普及，繁體與簡體的輸入時間都差不多。

至於用簡體字，目標為了廣大人民，說是新中國得以更快掃盲？當年倉促的時代，一切意識形態掛帥，這類決策也混雜了似是而非的理由吧。

如今，大陸有學者認為，小學生學習繁體或者簡體，教學用的時間差不多。更有人認為，簡體字跟原先造字的法則隔得太遠，無法舉一反三，教起來反倒困難。愈來愈多的研究亦指出：眼睛是用整體圖像來接收訊息，而簡體字筆畫的差別太小，閱讀時反倒增加辨識上的混淆。舉例來說，「雞蛋」與「几旦」，放在上下文中間，哪個容易認？

對我，最挫折的也是視覺經驗，譬如「麵包」，飽飽脹脹，帶著香味的兩個字，就要扁扁平平，變成「面包」了。

毋庸置疑地是，簡體字一體通行，人們跟古籍的聯繫也就斷絕。譬如說，中華的「華」，「華」字裡面的花花草草，存著跟「花」的諸般聯繫，而「春華秋實」也可以是一個飽含感情的字彙。一旦改成為「化」加「十」，似乎少了什麼。

＊

少了什麼？

我在小聲質疑，問起來心虛，因為本身用繁體字，所作的證據採集，仍然從一己的認知出發，免不了自說自話。

兩岸三地的科學家，卻有科學方法讓研究避開主觀經驗，若做出一些服眾的結果，簡與繁的討論就比較有學理基礎，否則，主觀經驗摻合上政治立場，或僅僅由用戶數目來決定取捨，甚或聯合國的決定竟替繁體字設下日落條款，那麼，這個議題也就脫離它的文化面，如同其他民粹政治一樣無趣了。

若以客觀研究作為討論依據，中文使用者聚在一起，說不定很快得到某些共識，找出大家都願意接受的折衷辦法，譬如說，簡到沒道理的試試看變回繁體，繁到不實際的也試著轉成（譬如說，從草書上著手的）簡體，像是「後」與「后」，到底應不應該稍事區分？像是多「餘」與多「余」，前者食物的偏旁，是不是有它不可偏廢的道理？

＊

許多作者都有過這種感悟：文字，到頭來，竟然是自己真正的「家」。正因為在文字裡安身立命，遇上這個議題更不能夠理直氣壯。我自己，就在反覆地省思，對繁體字的偏愛，是不是也歸諸於自己的文字生涯？

許多時候，在燈下一點一劃拆拆補補，葉慈詩裡說的，stitching and unstitching；有時候寫個句子，還希望字跟字站在一起看來登對，它們手牽著手也胖瘦得宜、穠纖合度，但誰知道呢？雖然是痴迷於剛健婀娜的字形，說不定，心底對文字的執著，對美感的自我要求，確實是跟使用繁體的經驗有關？

「字」對我而言，像是神祕的符咒；一串綿密的字，其實另含著一幅疑幻疑真的地圖。尤其我們的漢字，筆畫千迴百折，除了現代的意義，潛藏著許多古典的情愫，而它耐讀，適合推敲，字的形狀隱含著繁複的聯想——最近歐美暢銷書《列寧格勒聖母》（*The Madonnas of Leningrad*）裡有一段，敘述當年戰火離亂，在列寧格勒博物館裡，一位留守的導覽員對著空畫框，依然認真在想像、在介紹那些已經不在館內、不在牆上的收藏品，……望著某些簡體字的疏闊框架，裡面空無一物，感覺上，我就是流連於昔日珍藏的心情。

繁體字被當作「人類遺產」去申報的時日，……自願做那個對著空畫框喃喃自語的導覽員吧。

童年的消逝

港島與九龍之間，車過隧道，醒目的是入口處廣告牌。

好大一幅廣告，幾個可愛的孩子拿著麥克風，有模有樣擺 **Pose**。原來，「迪士尼」招募小記者，這廣告鐵定吸引孩子的目光。即將在香港開張的「迪士尼」在招手，自認有才藝的小朋友將躍躍欲試，但看下去，廣告下方注明了，訂購「迪士尼頻道」才可以參加。喔，我聽到自己在嘆氣，憑著本身興趣就可以應徵的事，卻需要條件：先訂購「迪士尼頻道」，便有機會參加甄選。

望著那巨幅廣告，我好像也變成了失望的孩子，替心底的那個孩子覺得傷心呢，看，現實世界的門檻好高，啊啊，可不是排排坐吃果果，天真無憂的童年哪裡去了？

童年哪裡去了？我無聲地默唸著。童年的消逝，恰好是一本書的書名。*The Disappearance of Childhood*，薄薄的書，很有啟發性，算這個時代的小經典，大意是說我們的傳播媒體，正讓童年消逝無蹤。

書中列舉各種社會現象，敘述目前的兒童在語言、衣著、品味、興趣、罪行各方面，漸漸與成人無甚分別。作者是已故的傳播學者與文化批評家，美國人尼爾・波茲曼（**Neil Postman**），而整本書的結論是：童年，像恐龍一樣，在邁向滅絕。

書裡警告說兒童在傳媒的聲光刺激下長大，由圖像中被動地接受訊息，卻少了主動的思考，這樣的孩子一旦長大，變成大人，成人也將放棄思考如同孩子。

其實，這正是我對未來的擔憂。放眼兩岸三地，也都陷入同樣的困境：整個社會門戶大開，對傳媒挾科技的長驅直入沒有警覺性，家長們束手無策，對自己不懂的東西只得謙卑，對任何涉入高科技的裝置更徹底放棄，任由媒體上的影像替孩子「打造」童年，卻忽略了「打造」的童年過度人工、過度商業，過早複製著成人世界的規律，也過早讓孩子熟稔金錢所隱含的交換價值：像這幅迪士尼廣告，不問孩子的興趣與才藝，先要花錢買「入場卷」，買到入選小記者的「資格」！

「入場卷」這種事，原是屬於成人社會的概念。

*

我對迪士尼的廣告有意見，反感正出於其中的不著痕跡：明明是招募訂戶，卻技巧地變成像是招募小記者。在孩子身上玩這種把戲，我總覺得它勝之不武。

就好像迪士尼是個上市公司，公司的許多做法都屬商業考量，卻披著甜蜜的糖衣，說是怎麼樣愛心廣被，我也覺得有點掩人耳目。目前，香港已正式迎來迪士尼：除了觀光收益與就業機會值得繼續期待，我總盼望有香港人出來唱唱反調，指出迪士尼專司

「打造」規格化的童年記憶。或者，此時此地，這殺風景的想法純屬於我個人的偏見：想著白雪公主與米老鼠等童話造型在樂園裡竄來竄去，我總擔心那些龐然大玩偶太具象，啊啊，擠壓了孩子們的想像空間。

說起童話，我寧可……孩子們捧起的是一本故事書。

譬如我最愛的《安徒生童話》，曾經讓我這個小讀者充滿遐想，像〈小美人魚〉故事的第一段，形容的是海底世界：「海水藍的像最可愛的玉蜀黍花，透明得像最純粹的玻璃，深得比任何船可下錨的地方還要深。」（…… the water's as blue as the petals of the loveliest cornflower, and as clear as the purest glass; but it's very deep, deeper that any anchor will go.)

玉蜀黍，生著寶藍色的鬚莖，……那種海水的藍，任何迪士尼電影也拍不出，任何樂園裡也搭建不來，那屬於想像的魅力。

我想念的，始終是，胡亂亂的鬚莖……那漫無邊際的童年。

她的祕趣人生

這個時刻，「香港大學美術館」裡正舉辦八十二歲周綠雲的回顧展，從五〇年代到二〇〇四年的作品，題目叫「游彩人生」。

她本身是一則傳奇。

周綠雲在三十幾歲才開始學畫，五六十歲進入創作的高峰，六十七歲突然中風，倒在自己廚房裡，地上躺了三天，才爬到電話機旁邊向人求援。目前過了八十，她說「活著當然是我意外的收穫」，看陽光從窗口照到床上，小鳥在枝頭唱歌，又可以繼續工作，她說工作讓自己「得意忘形，拍案高歌」。

周綠雲從畫作中得到的快樂，令人想起歐姬芙（Georgia O'keeffe），那位活到九十八歲的美國女畫家。歐姬芙總說「工作才是生命」，給朋友的信上寫著：「我整天都在工作，好開心，我從來沒這樣地開心，……有時候真像是瘋了，那麼樣努力地工作，那麼樣大笑，又得到了真正的樂趣。」

＊

我身邊的女朋友也時而忘我，為了愛做的事總可以……不眠不休。

小女孩在層層束縛的傳統裡成長，人前表現得安靜賢淑，像是宜室宜家的觀賞靜物，或是男性欲望的溫柔載體，仍有那逃學時刻，密林傳來一陣果香，心跳中蕩著異樣的興奮，似乎撞見了這世界的奧祕：至於遇見愛情，更是這祕戲中的勇氣練習，教導少女只要振翅，一定找得到那個祕密逃生口，衝出去，就可以自由飛翔……

每一位少女都試過這飛翔祕戲，問題是長大以後，樂趣如何持續：對小男孩，世界太嚴肅，總有沉重的負擔等在前面。

而女性偏處一隅，依然保有工作中的趣味心性。

＊

做喜歡的事，創造力發揮無遺，心頭湧現的激動，或者跟遠古的集體經驗有關。當人類還是身披獸皮的狩獵者，視野盡頭，渾沌的遠處代表未知，也代表無垠的可能性，引人朝向草原落日，一步步的發現之旅。

這興奮之情，甚至關乎生理的機制，關乎叫作「腦啡」之類的化學物質，當時人類（或者，長著猴毛的大猿人）定睛應付危險，與野牛在荒野上眈眈對峙（專心啊，大猿人），這分秒，腦袋裡奇妙的閘門打開了，化學物質加速分泌，讓人血液賁流，「甚至連痛苦都能忍受」。回溯到人類共同的集體記憶吧，當時天剛破曉，這一切無以名之，稱之神魔的召喚就簡單易明。後來，現代舞的創始者伊沙多拉．鄧肯形容本身跳舞的感覺：「肉體化為光，變得透明，……一朵光亮的浮雲……神的整體。」同樣地，作家川端康成在演說中講到自己的創作過程：「沒有魔界，則沒有佛界，而進入魔界頗為困難。意志薄弱者是不可能的。」

*

一般人眼中，歐姬芙與周綠雲都是為了興趣而瘋魔的女人。

歐姬芙為了創作甚至選擇遠離：離開紐約、撇下攝影家丈夫（大師級的 **Alfred Stieglitz**），在沙漠不毛之地，她搭建自己的莊園。山巔鋪排著獸骨與野花，她把鳶尾與百合畫得裸露而性感。無人的星空下，歐姬芙確立了本身的特異風格。

關於周綠雲，資料不多。周綠雲為自己畫冊寫的序文裡，瞥見了一點端倪，她回溯以往家庭主婦的日子，寫道：「在家相夫教子，閒來畫幾筆梅蘭竹菊，但對我來說，『梅蘭竹菊』是不夠的。」因為內心這「不夠」的感覺？她愛用水墨來表達自己，終於做到「我就是我的畫，我的畫就是我」。需要自己的創作空間，在中風之後，周綠雲仍堅持獨居，自敘中她說把大門緊緊關上，只為了不要讓別人看到，她正手足並用，在地上爬行，她說自己努力地爬，為的是儘快拾起畫筆。

父權社會以窠臼化的語彙，總「預設」了獨居的女人是多麼可憐可哀，卻從不提她心證意證的圓滿感覺。而另一方面，成年男子意欲追尋自身的想望，總比女性更為艱困，常需要與體制徹底決裂，才能夠從現實社會裡抽身逃逸。譬如法國畫家高更，四十三歲毅然放棄金融生涯，坐上小船駛向蠻荒，且一次比一次駛得更遠，終於在豔陽的海角，畫出了心中的理想樂園。

＊

卻有賴這些特立獨行的藝術家，讓我們見到他們狀似驚險的精采人生。

對回顧展裡的周綠雲，我們所知有限：畫冊中只有寥寥文字、幾幅小照，包括她與丈夫的合照、與父親的合照，一九四〇年穿旗袍攝於上海的一張、以及臉上斑疣皺紋的近照……。但為什麼，在保守的年代獨獨是她衝出框架、從水墨中走出自己的風格？身上又是怎麼樣的特質，讓她在病弱的高齡還日復一日「得意忘形」、繼續在畫室裡「拍案高歌」？……渴望有更多的個人歷史，分享她關於工作的祕密。

It's a Boy! ——皇室日劇

報紙頭版是大字的「It's a Boy!」，快訊、號外、鯉魚旗：二〇〇六年九月六日，紀子妃終於替日本皇室產下男嬰，連動效用之下，嬰幼兒用品的股票跟著大漲，相關產業將帶來一兩千億日元的商機，日本舉國上下都浸在歡欣的情緒中。

皇室充滿了公主王子的童話，但除了綺麗的夢，城堡中也有黯沉魅影，那是集體記憶的遺痕吧。

*

紀子妃（二皇子文仁的配偶）在此刻誕下男嬰，日本朝野如釋重負。正當小泉首相意欲修訂「皇室典範」，為愛子公主繼位的安排苦惱之際，小皇孫出生，等於一舉解決了皇室繼承的問題。

舉國歡慶的時日，太子妃（大皇子德仁的配偶）雅子則避到荷蘭靜養。

相較於雅子知識女性的形象，紀子一向表現得更溫順賢淑。此刻冒著高齡產子的危險，生下日本皇室四十一年來的第一個男嬰，讓丈夫在氣勢上壓過哥哥，而紀子本身母以子貴，成為日本最被稱頌的女性。

雅子在傳宗接代的壓力下，只生出一個女兒愛子。雅子婚前是職業女性，她精通多國語言，受過外交官的完整訓練。入宮之初，外人原寄望這位平民太子妃改革皇家體制，然而，保守勢力盤根錯節，只要雅子稍稍顯露個性，立刻引起各種指責，壓力大到連她身體也屢屢出現警訊。

雅子如同英國的戴安娜王妃，她們婚後明顯的憔悴，以及抑鬱到心身俱疲的結果，某個程度上，反映出皇室對人性的禁錮。

＊

放在尋常百姓家，雅子與紀子，簡直是「大紅燈籠高高掛」裡的角色。哪個女人先成孕？先產下男孩子？把老爺當成父權體系的象徵，那麼，雅子與紀子都在等，等著老爺先眷顧哪個人？

《大紅燈籠高高掛》的原著小說裡，大宅院裡的幾個姨太太同病相憐，漸漸發展出姊妹般的友誼。三姨太可是真心勸告四姨太頌蓮，趕快懷上身孕才要緊。她體己地向頌蓮說，妳要是不給陳家添個人丁，苦日子就在後面了。

頌蓮個性拗，脾氣上來卻還可以怨幾句。她說：「我就是不明白女人到底是個什麼東西？女人到底算個什麼東西？就像狗、像貓、像金魚、像老鼠，就是不像人。」

雅子與紀子在皇室裡貴為太子妃，卻像個生產機器，兩個女人進行的是最原始的肚皮競賽。不免讓人好奇，她們到底是個什麼東西？

＊

女性跟彼此為敵——尤其殘忍的是，命運相仿的女性竟以彼此為假想敵。像雅子與紀子，她們的壓力，溯本清源，均來自於父權體系下的繼承制度。這制度底下，誕下男嬰，才算有後，否則，罪名是斷了香菸，讓夫家的血緣無以保存下去。

至於生出的女兒，她最多是（在別人家譜上）一個模糊的某某氏。所謂族譜，所謂宗祠，以及所謂父姓子承、父產子繼那一套，歸結於男性與男性（甚至嫡長子與嫡長子）的父子連線，才算進入世襲的鎖鏈。靠著這巧妙的銜接，不只把女性剔除在外，更致使母親一心生男，而難以悅納親生女兒，造成一代一代的循環悲歌。換句話，這套父權體系是以犧牲女性來鞏固男性的神聖同盟。

而皇室的王位繼承，更充分地體現這套世襲制度，而集體記憶裡幽深黯沉……為了找出（更換？）一個血脈男嗣，有時候，涉入神祕的陰謀，辣手做下骨肉相殘的兇案。

今天日本皇室表面上恭儉低調，骨子裡，日本皇室仍是「萬世一系」的表徵，而所謂「萬世一系」，指的就是菊花王朝上承神武天皇，一脈相連，而明仁天皇「直接」是神武天皇的血脈後裔——他的一百二十五代曾曾孫。然而，此一說詞從源頭處就多屬虛構，神武之後八位天皇都是有人無史（皇室成員三笠宮崇仁，特具反省力，他就以歷史學者的身分，坦承過神話無稽），之所以刻意杜撰，本是為了強化這「萬世一系」的

「系」，換句話說，強化大和民族血源的純粹性。而換一個角度看，就因為（被塑造成）毫不混雜，偏執於血源的優越與獨特，正是國族主義所以興旺，甚至是右翼力量當年所以發動戰爭的根源之一。

＊

日本婦女為了紀子誕下男嗣而歡欣鼓舞，她們為什麼，為什麼歡欣？她們不明白嗎？慶祝一個男嗣誕生，取代了真子公主，她們也在無形中……拒斥自己、拒斥自己的女兒、拒斥自己的性別！

而鯉魚旗飄飄、日皇金孫的商品熱賣，跟著這喜訊同氣相求之餘，而我們也若有所悟吧？當年侵華戰爭所以發生，今天軍國主義依然囂張，其實，與這個男嗣……萬世一系……的觀念或者也一脈相連，有著無可抵賴的關係。

非禮的竟是慾望本身

香港的商業電臺有個節目叫作《架勢堂》，兩位主持人是當紅的森美與小儀。前些日子，舉行了一項「我最想非禮的女藝人」的網上選舉。消息傳開，社會一片譁然，婦女團體群起抗議。後來迫於情勢，商業電臺停播《架勢堂》節目，主持人森美與小儀也受到留職停薪兩個月的懲處。

兩位主持人說聲「不好意思」的記者會中，森美解釋，當時，他們的原意是讓網友票選心目中最性感的女藝人，繞著這個題目想了很多形容詞，包括「最想親吻」、包括「最想擁抱」，後來他們選的是「最想非禮」，以為這個形容詞可以令網友一聽就懂。

侮辱女性？教唆性騷擾？鼓勵性侵害？……香港輿論對這個《架勢堂》節目有很多的批評意見，我卻認真在聽主持人的自我辯解。森美的辯解還原了節目當初的設計，為著吸引觀眾，語彙的強度怎麼樣一步步逐漸拉高：「性感」，不夠，不夠強；……「親吻」，不夠，不夠強；「擁抱」，不夠，不夠強；於是成了「非禮」。

下一步？

再下一步呢？

我記得看過的尚・布希亞（Jean Baudrillard）書裡寫道：「當所有東西——性、花朵、生死俗套——都是唾手可得，你還要做什麼？」

尚・布希亞那本書叫作《美國》，上面的引文寫的是美國加州的聖塔・芭芭拉。那裡的面海山坡上，在梔子花與尤加利樹之間、在財富與解放的核心地帶，布希亞眼裡，那些毫宅別墅像殯儀館一樣，全部沾染著死亡氣息。布希亞問道：「狂歡結束你要做什麼？」（What are you doing after the orgy?）

他寫的是美國，其實，在某種意義上，這是今天的傳媒世界。

＊

現代傳媒是不是正在殺死慾望？

其中誇張的語法、無限升級的聳動與暴力，噪音似的覆蓋了人心中細膩、曖昧、複雜的感情。同時，又因為噪音裡無以填補的空虛之感，愈發需要強烈的、甚至暴烈的語彙，企圖喚起垂死的感官。

其實，「最想非禮的」，乃是一個自我矛盾的反語。「非禮」，這樣大剌剌挑明說了出來，反而削減了在無聲中才能夠浮現的慾望。

大聲說出來，強化的是赤裸裸的暴力，遏抑的是難明的、難解的……因為渾沌而充滿張力的……想像空間。

換言之，想像，才是慾望的構成基礎：包括存在著兩個身體之間的吸引力，亦是某種充滿遊戲意味的頭腦體操；在其中，勾引與被勾引、追逐與被追逐，乃是一場欲迎還拒、欲拒還迎的拉鋸；在其中，由於頭腦的柔軟度與延展度，藉著想像的四處勾聯，感官符碼正進行著細瑣而繁冗的訊息交換。

*

我喜歡的作家符傲思（**John Fowles**），寫過一本《捕蝶人》（*The Collector*，或譯《蝴蝶春夢》）。

《捕蝶人》小說的女主人翁為什麼必須死，為什麼從小說一開始，故事就瀰漫著不祥的死亡氣息，正因為極端性格的男主人翁無能於言語溝通、也無能於眉目傳情、更無能於一來一往的想像力遊戲。果然他以愛為名，綁架了女主人翁，活潑的女學生變成禁臠，終於，變成僵死的標本。反過來看，男主人翁必需施暴，暴力還要逐日升級，他亦以此抗拒誘惑，抵擋自己陷入愛河的失控狀態。

因為對愛欲無能，到頭來，暴力必須升級到……死亡，小說結束的一頁，他在自家院子裡掩埋了他畏懼面對、害怕相處、無能引誘／也無能被引誘的女主人翁。

*

大眾媒體如同殘酷劇場。

口味必需加重，語言必須加料，暴力必需加劇，……難道也因為尋常的語彙無能撩撥起觀眾的想像力？

從露乳，到爆乳，也是語彙自動升級的例子。為求轟動，天后級的歌手珍娜傑克遜（Janet Jackson）在二〇〇四年「超級盃」舞臺上撕裂衣服，爆開前胸，後來仿效者眾，各地歌壇都有更奇觀的演出。尤有甚者，新做母親哺乳期間的小S與陶子也在臺灣金曲獎玩起「噴乳秀」。藝人在媒體上競相放送超強的刺激，以此煽惑觀眾的感官。

下面呢？

引用波西亞的話語就是：「狂歡結束你要做什麼？」

於是，一次一次，更誇張，更虛矯，更重更猛的藥劑，召喚起痲痹的神經末梢，也藉以掩蓋這種刺激本質上的虛妄性。

過度到了……無能，過度……到了死亡，另方面，內心慾望的消失，怕是傳媒閱聽人共同的前景。

複製人與複製狗

所以，這次是狗。

棕黑顏色的阿富汗獵犬，日前才在韓國首爾複製成功，叫作 **Snuppy**（簡寫自 **Seoul National University puppy**）。從一九九六年的桃莉羊，二〇〇一年的複製貓咪CC，二〇〇三年的複製馬 **Idaho Gem**，這次是 **Snuppy**。從一九九六年到現在，生物科技界十年有成，連狗也成功複製出來。

燈下讀報紙的光景，身邊是我的狗，對著牠深情的眼眸，啊啊，有一天牠會比我早離開這個世界，那麼，……像我一樣痴心的狗主人會心動，至少有一瞬間的心動，如果複製出眼前這隻唯一的狗，捨此無他，情愛無比堅貞，我的摯愛便有投注的對象。

心動只是瞬間的事，寫過一些科幻小說的我，畢竟，還有其他的考量，總要替那隻複製出來的「產品」多想想：它，問題是它，它要不要這樣被複製的身世？還有，情愛是個纏繞的問題，等我快死了，難道再為它複製一位寵愛它的主人，複製你複製我，沒完沒了，難道我們倆就這樣生生世世下去？

人類已經為狗——名叫 Snuppy 的這隻狗——決定它被複製的命運；緊接著，人可不可以為人——另一個酷似自己的「人」——決定他（或她）被複製的命運？……答案涉及一連串的倫理命題，包括誰有資格扮演上帝，包括誰比誰更有資格扮演上帝等等，人類在這類倫理議題上毫無建樹，複製科技卻快速推進，科學家總會找各種藉口自圓其說，首爾大學的說法也是這樣，說他們只是做個模型，用這隻複製的狗，研究可以替人類治病的幹細胞。

無論是幹細胞，還是換器官，到頭來，人類一定想要延緩老化，進而益壽延年，延續有限的生命。科技在加速中，若不急遽喊停的話，複製狗之後，複製人已經近在咫尺……

*

此時此刻，好萊塢恰恰推出一部耗資一億五千萬美金的大片《絕地再生》（*The Island*），主題正是複製人。潔淨光亮的養殖場裡，一群人被養大，目的是提供器官做「備胎」，以天堂島的憧憬為陷阱，事關對複製人開腸破肚的血腥屠宰。

描寫複製人處境的科幻電影一堆，漸漸成了套式，不脫替複製人擬想一個如何逃脫命運的歷險故事，若論美感與張力，後來的片子只是贗品，遠不如我心裡的科幻經典《銀翼殺手》（*Blade Runner*，雷利史考特導演，菲利普狄克的科幻小說），這回，以二〇四六年為背景的《絕地再生》，在導演 Michael Bay 處理之下，眩人的只剩下海陸空三棲的追車鏡頭。

其他，都屬老套。後半段劇情急轉直下，複製人羨慕的竟是浮華人生，試戴的錶試開的車，聚焦於大亨與名模的生涯。想來這就是好萊塢的運轉法則：毫無才情的導演繼續有片拍，原先的賣座故事冷飯重炒，一次比一次更落入俗套。像這部電影，追車飛車之餘，片中充斥著商品符號：從啤酒到太陽眼鏡，包括 **Puma** 運動鞋、**Dior** 化妝品、BMW跑車，可憐的觀眾對著一方銀幕，到頭來，頭腦所接收的都是商標，可有人質疑這些名牌付了巨額廣告費？

＊

消費社會中成長，總是被動的接收訊息，我以為人類正在加速變笨，愈來愈不習慣思考複雜的倫理命題。

儘管複製的科技推陳出新，在目前的階段，以人類逐漸減退的智力（科幻片中的制式劇情是例子），依我看，複製這熱門議題真應該緩一緩。就以剛剛說的倫理命題而言，複製人的界定與歸屬都充滿爭議，總之，複製人自己無從置喙，尚無從表達自己的感情經驗，人類就不該擅自把他們造出來，再越俎代庖，替他們決定答案。舉例來說，複製人是不是「人」（複製人與自然人在自我認知上有怎麼樣的不同）？他們跟人類的主從關係如何（總不應該造出來就做人類的奴僕吧）？對人類社會又有怎麼樣的權利義務（生育、繼承等法律問題怎麼論定）？……每一項都是太困難的命題。像我，我知道自己很笨，經常想不出答案。若再複製出來一個這樣的我，那可真是天地不仁：原先想不通的事，我的分身也想不通，那麼，萬古如長夜，不過多出一個困惑的人。

狗眼睛的深情注視之下，這件事倒不容困惑：狗狗跟我，就這樣緣會今生，夠了，一回的緣會就足夠了。

席丹的頭槌‧種族的痛腳

柏林影展、坎城影展雙雙獲獎的《*Hidden*》（法文原名是*Caché*，導演是**Michael Haneke**，香港譯作《偷拍》，臺灣譯作《隱藏攝影機》）正在香港上映。《偷拍》電影圍繞著一對事業有成的夫妻。丈夫喬治（影帝丹尼爾奧圖**Daniel Auteuil**飾演）是電視書評節目主持人，妻子安妮（影后茱麗葉畢諾許**Juliette Binoche**飾演）則擔任出版社編輯。這一日，收到了一卷遭人偷拍的錄影帶，牽引出喬治對妻子的一連串謊言，只因為他心虛於自己的童年罪行……

四十年前，喬治六歲，誣陷過另一個同齡孩子。那是他家大宅院裡阿爾及利亞籍工人的小孩。工人參加一九六一年十月的示威出了事，喬治的父母當時想收養那可憐的遺孤，卻由於喬治的誣陷，孩子被送進孤兒院。

意識到被人偷拍，喬治與安妮之間互不信任，浮現了婚姻危機；而中產階級安逸的外表，其實脆弱，隨時可能為外來事物所粉碎。正好像喬治在書評節目中貌似溫文有教養，而他為人卻心浮氣躁，撞上腳踏車時，他口氣裡帶著種族歧視，騎車的黑人也轉頭，差一點激化為當街械鬥。

電影裡，喬治顯露的神經質，代表他內心潛藏的罪惡感。當年未解決的，回返過來，毀了別人，也衝擊他如今的現實人生。

而喬治遮遮掩掩的童年，在導演的隱喻之下，亦象徵法國人在集體記憶中的壓抑吧：多年來，法國人迴避面對在阿爾及利亞犯下怎麼樣的殖民罪行？還有，一九六一年十月，在巴黎，阿爾及利亞人又遭遇到怎麼樣的血腥殺戮？——那時日，阿爾及利亞人在巴黎示威，警察持槍出動，塞納河畔，發生過種族屠殺的慘劇。

亟欲擦拭手上的血，從此掩埋犯下的罪行，然而，當年的一串謊言，在日後，勢必纏繞上了更多的謊言……

＊

那時候，發生了什麼？

二〇〇六年夏天，「世界盃」決賽場上，到底發生了什麼？

席丹，阿爾及利亞裔，法國隊隊長，大家公認他是「世界盃」的第一勇士。整場對義大利的冠軍賽他都在奮戰，都在建功，都在指揮若定。眼看法國隊占了上風，比賽結束前十分鐘，席丹停住，上前，對準義大利隊的後衛馬特拉齊胸膛：他竟用「頭槌」撞人！

只差十分鐘，這場加時賽就會結束——席丹自己知道，自己比誰都要清楚吧，這是他足球生涯最後一場比賽，就要從事業的巔峰光榮退休。卻因為這嚴重的犯規動作，在足球史上，席丹這名字沾著無從洗刷的恥辱。法國隊，也因此，輸了這場冠軍賽。

平日，席丹性格內向，甚至有一點靦腆。運球動作細膩、沉穩，法國人說他是球場上的藝術家。

問題是，馬特拉齊向他說了什麼？

說了什麼？那句話竟然像毒箭一樣，射進阿基里斯（Achilles）的腳跟：他身上唯一致命的地方。

在神話裡，阿基里斯剛出生，母親抓著他的腳丫，倒立式地將小嬰兒泡進冥河，然而，母親百密一疏，嬰兒全身只剩下腳跟，沒被冥河的水浸泡到。那就是阿基里斯的罩門！後來，嬰兒長大了刀槍不入，成為特洛伊戰爭第一勇士。沒料到勁敵帕里斯（Paris）一枝箭，剛巧從腳跟射入，阿基里斯立即倒下。

那一瞬間，世人望著席丹被趕出場，與冠軍金盃就這樣擦身而過。原來，存著一個罩門，碰到了，任何輕微的刺激，都可能是自我毀滅的力道。

因為席丹的童年？他的出身？因為他是阿爾及利亞裔？此時此刻，世界各地的唇語專家都在努力解讀，馬特拉齊向席丹說了什麼？侮辱到他母親、姊姊，或者是一句飽含種族歧視的話語？——諷刺他是阿拉伯恐怖分子？——譏嘲他認賊作父，法國對阿爾及利亞犯下血腥重罪，而席丹竟甘願為法蘭西的榮光而奮戰？

＊

種族主義是隱隱然的火苗。隱隱然幽靈一般，仍在歐洲版圖上迴繞。

阿爾及利亞被法國統治的一百多年間，據說有三百萬平民遭到屠殺。在海外殖民地，攻掠對象是異族人民時，法蘭西所標榜的「自由、平等、博愛」，原來禁不起驗證，竟是些偽善的謊言？

其實，法蘭西只是一例，一本血跡斑斑的殖民歷史，以槍炮為後盾，強國犯下了嚴重的種族罪行。如今歐洲的移民問題，看起來星星之火，細究起來，多屬當年殖民罪行的延燒！就好像去年冬季的巴黎郊區暴亂，參與者多屬少數族裔的移民第二代。然而，自從「世界盃」開賽，少數族裔占多數的法國代表隊，一路過關斬將，理想國一般，展示櫥窗一般，顯現著法國多種族多文化的夢幻組合！直到最後這一役，眼看冠軍金盃在望，直到最後十分鐘……

瞬息間，席丹失控的頭槌動作，以及事後在種族議題上引發的雜音，包括在席丹家鄉阿爾及利亞所引發的激情迴響，隱喻著當第一世界與第三世界相遇，過去的種族罪行，仍然是背景中的血色魅影。

〈第2章〉

一個人的生活

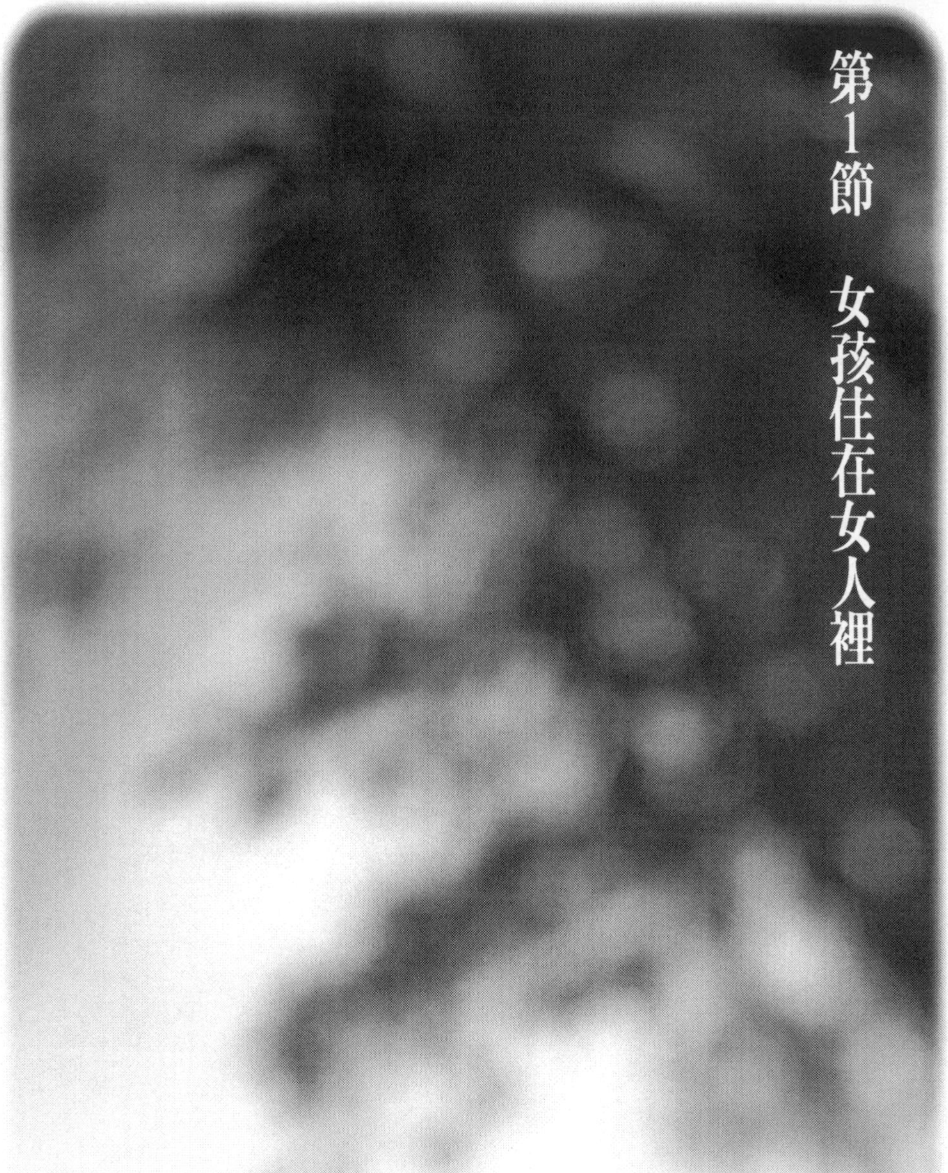

第1節　女孩住在女人裡

浮華世界

香港鬧市，處處見到「連卡佛」百貨公司的大廣告：五彩斑斕的棒棒糖，一圈圈打著旋的顏色。每一個牌子都像好吃的糖果：Miu Miu、Chloe、LANVIN、Burberry，這幅圖叫作 Fashion Candy；流行就是糖果，讓人想要吮著玩。

流行真的好玩。

太古廣場一帶，步行經過金鐘廊，望穿落地玻璃，對面大樓掛下來一塊牆，那是這一季的 Diesel：牛仔褲在下面，上面是模特兒的整片裸背，而裸背上在玩九宮格的遊戲。井字空間上畫圈圈叉叉，你畫圈我畫叉，看誰先連成一條線。我們從小愛玩的那一種。

流行是物化？……任由自己被物化。還是遊戲？……任由自己在遊戲。「遊戲」多了些主動的指涉，「物化」則充滿了被動的意涵。或者這件事太複雜，而女性主義的教科書試圖要解析流行，卻容易在拗口的名詞裡夾來纏去。

＊

當它遊戲吧，玩就玩得盡興。

我的唇膏顏色叫作卡薩布蘭加（喔，褒曼的紅唇……），眼影顏色叫作 **espresso ink**（喔，咖啡的濃香……），唸著這樣的名字，一點一點擦抹。有時候，又好像在做手工（剪雙眼皮的形狀卻像在做剪貼），……也為了回到小女孩時候的自得其樂。

看看安娜蘇，這位以自己名字為品牌的設計師，把小女孩的家家酒搬來時尚世界。她喜歡用紫色，神祕的紫，亦是不屬於成人世界的紫。她做出像戒指的口紅罐、像錢包的香水瓶……，造型也像來自童話故事。

她說自己一直在玩，當年，她還是小女孩，就把鄰居小朋友的玩具兵一個個都穿起衣服。另一個自然風的品牌 **Bobbi Brown**，那位創始人芭比．布朗走入這一行，也緣起於小時候的遊戲。布朗小姐偶然找到一堆母親收藏的化妝品，就對瓶瓶罐罐的搭配有了興趣。至於奢華風的祖師奶奶，**Coco Chanel**，香奈兒女士睥睨這個平庸的世界，用時尚來揶揄自己吧，終於將自己玩成 **Ageless spirit** 的象徵。

她的精神長存，真的超越時空。香奈兒這一季的眼影：金色的枝椏、紅色的卷雲、黑色的背景，取的仍是當年香奈兒女士家裡東方屏風的情調！

纖細的金、濃鬱的黑，想到我朋友羅智成的詩集名稱：《黑色鑲金》。

的確這遊戲也很文學，聽聽顏色的名稱多麼富有想像力：有孔雀藍、有土耳其綠、有薰衣草紫；單單是粉紅就有哈蜜瓜粉紅、有蜜桃粉紅、有草莓粉紅、還有荳蔻粉紅，即使單調的白都有許多種，譬如珍珠白、譬如象牙白，刷出酷冷的臉妝、畫出迷濛的眼神。

流行更勾起綿延的想像，聽聽芭比．布朗這時節的廣告詞，簡直就是濃縮的詩作：「光澤如晨曦般隱約」，隱約燦亮的是散粉、眼影、眉彩、唇膏，晨曦之間還見到淡淡的星辰。這一季的流行粉盒剛好掛著造型星星，一閃一閃，銀鏈掛在腕上，就像流行的手鐲。

女人在裝扮自己？在取悅別人？……是虛榮？是自戀？是女為悅己者容？是消費性的物慾橫流？還是致力呈現一個酷辣的乖張的反叛的自己？……物化與遊戲之間，這條線到底畫在哪裡？

在玩，女人繼續在玩，……當世界上還沒有出現更好的玩具。

女性的週末時光

星期六下午，經過香港這裡的購物廊。

走到化妝品專櫃，「嬌蘭」前自然放慢了腳步，我一向喜歡這牌子的譯音：GUERLAIN，翻譯做嬌滴滴的「嬌蘭」。

有什麼吸引我的眼光？……回頭，它閃著金光。

24K純金微粒，懸浮在透明的瓶子裡，像是濃稠的果凍。擠出一滴，放在手心，對著鏡子敷上。果然、臉上閃閃的、油油的，一層淡淡的流金。

站在化妝品專櫃前，竟然想到了張愛玲小說〈傾城之戀〉。其中有一位印度公主薩黑夷妮，書裡的形容是：「她的臉色黃而油潤，像飛了金的觀音菩薩。」

那時候，白流蘇剛到香港，印度公主是來勢洶洶的情敵。在香港飯店外面碰上，兩位漂亮女人都意識到這種威脅，自然而然端出某種架勢。在白流蘇眼裡，被一堆洋紳士簇擁的薩黑夷妮，就有這種金光膚色吧！

貼金箔的長方盒子，淡淡的金，金得很含蓄，金得很優雅。原來產品叫作

Divinora。

我望著鏡中的自己，這一刻，臉龐似乎在閃耀。那種神性的金光——莫非是《聖經》中摩西下西奈山的時候，臉上發出的光澤。於是，我記起一本《奧義書》說到：「我自身就是奧祕」，說不定，我自己臉上就藏著這種奧祕？而《奧義書》裡這句「我自身就是奧祕」，後來被神話學家 Joseph Campbell 一再引用，據他說，每一個人都有神性，正好像在他闡釋之下，每件事物都是神性的隱喻！Joseph Campbell 書裡，每一個人，都可以經由時時刻刻的鍛鍊，把這種神性鍛鍊出來。

時時刻刻，把金色的果凍抹在臉上。

好像在煉金——金金的欸，說不定，我們在臉上塗抹這種 Divinora，也為了把內在的神性提煉出來，而各種有關神學的書裡，「煉金術」始終是重要的隱喻。

就這樣由著自己胡思亂想。

＊

買了一瓶，管它實不實用，我喜歡讓自己立即產生聯想的產品。

拿在手裡，美好的感覺，像是捧著一盒巧克力，而我確實見過灑在巧克力糖上的點點飛金。啊啊，難道我有點餓了？還想到，太古廣場這附近，一家大酒店的地下層，有間叫作「金葉亭」的粵菜餐廳，他們的蝦餃外面，薄到幾乎透明的餃皮上，也撒一點看起來刺激食慾的金箔。

接著，我竟然想到冬天，冷氣過分充足的購物廊裡，我想到適合冬天喝的橘子酒。奧國釀製的特別香醇，拿起來，搖一搖，小小片的金箔在瓶子裡旋轉。

這一刻，昏昏地，難道我也在快樂地旋轉？

週六下午，逛街時候隨自己的思緒翩飛。對我們女性來說，這是輕飄飄軟綿綿的存在狀態。

眉筆唇筆與狼毫羊毫

父親逝世之後，母親會在燈下絮叨，告訴我他們倆獨處時候所說的話。

如今是母女在獨處。我從沒聽過的，父親跟母親私下說的話，母親也咕哩咕嚕說了出來。

講到我，講到錢方面的事，她告訴我，我父親總說我：「就是愛穿。」所以，父親從不覺得我手裡存得下錢，即使我工作賺了錢，都被我買衣服買掉了。

聽著，我有一點驚訝，然後，也有一點點傷心。原來，我不像，不像我想的，在父親眼裡那麼完美。

原來，爸爸一直擔心我亂花錢。

聽起來，像敗家女。

＊

母親說完立刻就忘了吧，這一陣，我卻總在想這件事。

我當然知道，我與父母的不同其實是時代的距離：父母親的日子很儉省，習慣在物質上剋扣自己，因為他們經過太多戰亂，心裡有深刻的不安全感。父親到最後幾年，幾乎完全不添衣服，寧可舊衣服縫縫補補，買給他新衣服，又收起來捨不得穿。平常過生活，父親撿起餐桌上的餐巾紙，都要把紙撕成一半來用。

眼前消費的景象，他們皺著鼻子不以為然。對我父母來說，愈來愈像一個光怪陸離的世界。

腦袋裡想通了，我心情上還是不能夠接受，總之，還是覺得自己冤枉：我當然會買衣服，一般來說，都是買用得上的，換句話，我不亂買衣服，也並不跟著流行添衣服。公寓裡的收納空間有限，亦不可能放置很多衣服。總之，我對錢雖沒有概念，卻有一種天生的分寸，我總是量入為出的那種人。

＊

量入為出，還是買了一點點。

這裡一點、那裡一點，譬如，我有一袋用過的化妝品。有些是附送的贈品，不一定適合我用，日積月累，連化妝用的筆都蓄積了一大堆。反正現代的女人就該有這麼多筆，每家化妝品牌都出產一字排開的筆：撲粉的、遮瑕的、打底的，甚至畫眼線與眼窩，都是不一樣的筆。

還有豬鬃一樣硬硬的睫毛掃。

同樣短短的，塗唇膏又是另一種軟毛筆。

用完還要洗，立即要洗，然後再陰乾，筆才用得長久。筆先泡進卸妝液，再蘸水，壓壓按按，顏色從筆縫裡一點點滲出來。

兩杯水，一杯專門為唇彩眼影的卸妝液，另一杯供清洗的自來水。

望著顏色從筆縫裡滲出來，我想起小時候練毛筆字。羊毫、狼毫（大野狼的毛嗎？）、紫毫（忘了那是什麼東東？），父親有一排毛筆，從細到粗，整齊地掛在架子上。我想起父親扶著我的手教我寫字。

寫完了要立即洗筆，一模一樣，墨汁也是這樣慢慢滲出來。

於是，我真的不安了；這時刻想起父親，甚至有一點點負疚感。其實，我知道父親的心事，他覺得讀書以外的都叫作「不務正業」，因此在他眼中，我花太多時間在「不務正業」。像這個分秒，我應該坐在書房，專心寫字。……所以，我真不該在洗眉筆唇筆，我，……要洗也該洗寫毛筆字的筆。

衣裳是「收心大法」？

買過多少件藍色的外套？

外套都是約略不同的樣式，配上窄裙、配上長褲，深一點或者（稍微）淺一點的藍色。

這種藍，或叫作藏青，或叫作海軍藍，四平八穩，像是沉靜無波的大海洋。套上深藍的外套，鄭重地告訴自己：我在上班，這是辦公室裡穩重的自己。

藍外套是我的「收心大法」？……如此可以定下神，把自己抓回來。

＊

多年前我就發現，衣裳是生活中最重要的魔術。除了蔽體、禦寒等基本功能，衣裳讓人一霎間生出錯覺，以為自己正在做——這現實世界上做不到的事。

都是為自己，為自己意欲的錯覺在穿衣裳！反過來說，看在別人眼裡，衣裳創造的邊際效用，或許，沒那麼高。

既是為了自己，索性全面為我自己。像是一塊魔術畫布，性格裡張揚的、徹底的、不可收拾的任性都可以一覽無遺。

打開我家的衣櫥，總有一兩件草綠色加了迷彩的軍裝。只為了哪一天睡醒來，我突然緬想到當時的（我是說，沒被眾多大眾媒體庸俗化之前的）切．格瓦拉，或者目前一脈相傳，繼續打游擊戰的 **Subcomandante Marcos**，想著那位蒙面俠 **Marcos** 正在墨西哥 **Chiapas**，與政府軍進行無天無地的抗爭，身體不能加盟，精神上呼應一下也好，那麼這一天，屬於我的草綠日或迷彩日。

而假日在家，我經常罩一件連身的工裝，胸前幾個大口袋，裝進一把錘頭，似乎……立刻可以爬上梯子做粗工。出門去逛街，我則喜歡小丑一樣的五彩花衣。以為啊，手裡再握住幾個大氣球，就可以四肢齊動地飛上天。

到了晚上，若是那天特別恬靜慵懶，我就挑一件大大蓬蓬的圓裙：記得《蓬車西征記》？我小時候看過的電視劇集。棉布大裙子……聯想到某種草原氣質。若點綴著紗窗一樣的網狀花邊，又多了些粗礪的現代感。

有時候在溽暑夏夜，故意讓自己亮亮閃閃的，小背心也釘滿了珠片。鏡子裡朝自己看，一副夜市裡蹓躂的模樣。等一下，攤子上有蚵仔麵線？外加一大碗銼冰？……連口舌間都是俗擱有力的爽快。

天冷了，我喜歡披上那件舊舊的骨董襖。緞子面磨搓了，磨得沉沉內含光，它早已歷經一百年。百年前，它是男人罩在長袍外面的短身馬褂。我偏要舊衣新穿，把它穿得它不中不西、不男不女，滿足我身上雌雄同體的願望。像是維吉妮亞・吳爾芙在一九六八年寫的《奧蘭朵》（*Orlando*），變裝本身，就是莫大的穿梭想像。

＊

我的衣櫥裡儘管樣式多變，上班時間，馴魔手法一樣，靠一件掩飾得很好的深藍外套，便把各種狂野的、瘋癲的、反叛的想法都掩蓋在我的外套……之下。

於是，只剩下領口大小、顏色深淺的些微變化。

那是掩體，靠一件制服般的深藍外套，把我酷愛玩耍的本性……暫時……埋藏起來。

小飛俠後傳之嬉遊心情

沒來由的，這陣子喜歡捲捲的髮。

特意去銅鑼灣SOGO買來一盒電髮捲。十個髮捲，五大五小，放在電插座上。捲子熱了，隨便纏在頭髮上，過幾分鐘取下來，就有一頭捲捲的毛。

真好玩，我喜歡這個新鮮的遊戲。

從望著粉紅的捲子在插座上變成米白色（代表熱度夠了），到看見鏡子裡捲毛狗一樣的自己，前後才十分鐘，發生在自己身上的變裝秀！

我總是這樣在玩。

上個月我買了雙粉紅鞋子。大概厭倦了只在樣式上稍有不同的黑色高跟，決定在暗色衣服底下配上豔紅鞋。那種豔而亮的粉紅，英文叫作**hot pink**，在想像中，此刻我有熱力四射的一雙腳。我穿衣服全憑直覺，直接反映我的心情，對鏡整裝那一瞬間的心情。

打開衣櫥，我想著，喔，心情怎麼樣？哪件衣服與這時候的心情搭調？……從來不是理智的決定，我隨自己任性胡搞。

真的在玩啊，臉上淡淡的妝，依然很有搞頭：那時候在 Bobbi Brown 的專櫃上發現了一種眼線膏，可以把眼線塗得很深陷。冬季當令的還有銀粉，飄飄撒撒，我就隨處在顴窩眼窩勻抹幾處。更好玩的東西叫作唇蜜，搽完口紅，在嘴唇封上一層，閃閃亮的豬油膏。

＊

衣服、鞋子，說是時尚，其實是女人的玩樂場。

女朋友也可以分享同樣的扮裝心情，隨時還一起拿主意：哪一牌化妝品有了特效、哪一間旗艦店正在清倉……，女朋友唧唧咕咕互通聲氣，像是手帕遊戲，我們都是這樣長大的。

從小到大……到老，我們一路玩得好高興。

＊

男人的世界很不一樣。

競爭激烈的環境中，小男孩快快得要收拾玩心，即使不想長大，也要強逼自己長大。大男人穿著制服一樣的西裝，整天正襟危坐的話，內心深處一定有許多壓抑。最近有一部才在臺港上映的電影《尋找新樂園》（*Finding Neverland*，順便也請聽聽香港譯名，繞口令一般：《小飛俠前傳之魔幻童心》），影星強尼戴普飾演「小飛俠彼得潘」的創造者：維多利亞時代的劇作家 J. W. Barry 。影片也以 J. W. Barry 的真實事跡做藍本，而「小飛俠彼得潘」的故事，透露的就是男性不願意長大的心願。但在現實世界裡，創造「彼得潘」的是個抑鬱的男性，而作為「彼得潘」靈感來源的那個彼得，長大之後，真實的人生也很悶，人生終點更是極其淒涼。

＊

我究竟要說什麼？

我想說，男人恆常面對一種「異化」：小飛俠有大相逕庭的「前傳」與「後傳」，現實人生跟真心想望總是遠遠分開。

我們女人，邊走邊玩，無論自己是不是不喜歡長大，卻也可以一路玩耍不必長大。

多慶幸，我生來就在女人這一邊。

魔鏡啊魔鏡

其實，我一直知道，祕訣是在鏡子。

我等在電梯口，朋友在化妝室，我等了好長時間。她出來時一面抱歉，一面還頻頻回首。電梯裡，她淺笑著告訴我，化妝室裡那面鏡子好，捨不得走欸，好好，讓她變瘦了。

百貨公司總擺著幾面大鏡子，有時候，穿衣鏡故意斜著放，鏡面與牆面成一個十五度斜角。對著鏡子顧盼，腿顯得修長，腰長、手長、頸子長，整個人都拉長了。看自己那麼苗條，那一瞬很容易做錯決定。

因為鏡子，因為當時魔幻的效果……什麼怪事都可能發生。

帶回家，新衣穿上身，照照鏡子，不對啊？像另一個人身上的另一件衣服。所以，不該買那件衣服，倒該把那面穿衣鏡買回家。

祕訣一直是鏡子。

*

我聽過女朋友說，為了那間化妝室，啊其實是，那間化妝室裡的鏡子，就去那餐廳坐坐好了。

像尖沙嘴的「北京道一號」，二十七樓的餐廳「胡同」：襯著玻璃外的夜景，晦暗反而是創意，密道裡的化妝室也黑燈瞎火地搞神祕。

又像「半島酒店」二十八樓的 **Felix**。**Philippe Starck** 一出手，就把燈光與裝潢弄得像一場時尚秀。化妝室懸在半空，那是最炫的設計。化妝室的鏡子，真像孤懸在空茫海景之中。

我總在悄悄地「視察」這些鏡子空間。「化妝室」的英文叫 **Lady's room**、**Powder room**：女人撲粉的地方、補妝的地方。化妝室裡男士止步，便可以安穩坐下，轉動疲累的腳踝。對著鏡子，女人從皮包裡翻出來的東西都別有情致：這一廂拿出的是眉刷、眼線筆，加上調色盤般的眼影組合，那一廂拿出的是粉盒、粉撲，再加上明晃晃的口紅。我總愛面對鏡子，喔，假裝對鏡，從鏡子裡偷眼看旁邊的女人，看那點猩紅、桃紅、淺紅怎麼樣在女人口唇上閃閃發亮？

鏡子的角度重要，鏡子周圍的光線也極其重要。鏡子旁映著溫柔的燈影，打上玫瑰色的光暈，鏡中人自然有神采：毛孔消失，眼袋不見了，眼睛水汪汪的，光線甚至還會為女人補粉，幫女人修飾嘴角的細紋。

Pub 裡的化妝室，卻是另一番美感，或者說，帶著滄桑的美感。

前面座位上嗆了酒、傷了心，昏了，半醉了，這裡是躲起來喘口氣的角落。有人倚著鏡子，刁著一枝菸。手指搖晃，顛著腳屏著氣，還在對鏡顫顫描畫。一瞬間的薄醉心事，在鏡子裡，悽愴到……讓人忍不住輕輕嘆息。

＊

「魔鏡啊魔鏡，誰是天下最美的女人？」白雪公主的故事圍繞著一面魔鏡。其實，不必選美，不必選最美的女人，讓大家一起來協尋……讓人人變得美麗的一面鏡子吧！

站在鏡子前，不必果酸、不必脈衝光，不必注射botox，……要找的，從來不必是理想的自己，只是理想的一面鏡子。

機艙的漂浮狀態

在飛機上我會翻報紙，偶爾，坐著無聊，我翻開機上購物雜誌。

剛才，我在雜誌上看見一個旅行用化妝包。它是這一季的「迪奧」：粉紅色的緞面，粉紅色的蝴蝶結，邊緣貼著白色皮花邊。很袖珍，裡面小小的粉盒與腮紅，小得——簡直像娃娃扮家家酒用的。

可惜，對我其實沒有用處。平時，我沒什麼在旅途中補妝的需要。但它好可愛，為了心裡小女孩的需要，我還是假裝——為自己選了這一樣。

繼續在心裡玩這小女孩的遊戲吧，突然間，我想到什麼，隨手抓起一枝筆，在碎紙上寫著：「無論出差去到哪裡，男人只帶給她飛機上的物品。裝電腦的背包最上面，總塞著個空中購物的小袋。男人朝她面前一推，交差了事。第五號香水？還是三枚一排的口紅？總不外這兩個選擇。她有些哀怨，猜也猜得出，飛機快要降落，家很近了，男人才猛然記起，記起她的存在，也記起怎麼樣把她蒙在鼓裡……」

＊

寫小說嗎？以上是妻子的口吻。

想想看，我自己也從別人手裡接到過這類東西，那可是別人的丈夫送我的禮物。

靦腆地笑一笑，那男人把空中購物的小袋子放進我手心裡，同時，他像是自嘲地說：「剛剛在飛機上，我望著底下的雲，想著萬一，如果這架飛機出事，全世界的人，包括我的同事，我的家人，都想不通，為什麼這個時候我會在這架飛機上。」

當然，只有一個人知道。

他是瞞著妻子前來看望我的。

＊

以上是情婦的口吻。

我還在寫小說嗎？

真實混著想像，隨意拼貼上自己前一世的記憶，所以我總把在機艙裡當作某種特殊的光景。像是人世、時空都突然斷裂，突然有了縫隙，懸掛在半空中，寫小說就是兩頭不到岸的狀態。

太空船一樣的機艙，最符合這種漂浮的隱喻……這一刻，寫小說的心情回來了。

＊

「綁好安全帶、豎直椅背與腳踏墊……」飛機上傳來廣播：目的地到了。降落後，就有沒完沒了的閒雜事。

或許是找藉口，我為自己開脫（可見我輟寫小說的罪惡感有多深重！），目前在一個職務上，總有些排定的時程。拴住，不再漂浮，對我而言，構思小說是件困難的事。

塵寰近了，窗外的景色愈來愈清楚。嘆口氣，我把剛才寫字的碎紙揉成一團。

〈機艙的漂浮狀態〉續篇

前一篇寫到，我喜歡飛機上的漂浮時光。即使挑一管銀亮的口紅，都覺得新鮮，像是在寵愛心裡……遲遲不願意長大的女孩。

飛機上，與平常的購物經驗恰巧相反，就這麼寥寥幾樣，反倒可以專心地，從兩三頁購物指南上，幫這小女孩挑玩具。

＊

若是長途飛行，我或者也會在飛機上飲一杯酒。

飛機上的酒，不至於好到……驚為天人，卻都維持一定的水平，而我喜歡想像，酒的選擇可不是假手他人，亦毋須品酒師的專業推介，但願是幾位退休座艙長的私房選擇：他們送往迎來，飛機上曾經見過許多能人，退休以後，結伴到酒莊裡嚐一嚐，鼻子嗅一嗅，憑著直覺，匹配的是機艙的氛圍。

所以是適合高空旅人的酒。

我盪盪杯子，望一眼小窗外面的雲，口裡轉一轉，等著它慢慢回韻，間中或有驚喜，真的就品出果香：藍莓味、桑葚味，橡木桶裡的焦炭味、香料味，甚至，感覺到榛果加巧克力的濃甜。有時候，傳來的是咬舌的口感，那單寧的澀，加上機艙的稍微搖晃，似乎在唇齒間激烈調情。

口感聯繫起思惟，中文的形容詞不太夠用——這隻酒，年輕而單純，或者豐熟而繁複——真的，中文不夠用了，加上 Aroma 、 texture 之類英文字才夠傳神。

我其實不是懂酒的人，在高空，味覺卻敏銳了起來？

＊

平常與紅酒相處，總不如在飛機上的專心。

飲酒，一般來說，帶著某種社交場合的忐忑：從侍者遞過來酒單就開始了：選哪一隻酒——該說懂？還是該說不懂？——或者還有價目上的考慮，餐廳裡的斟酌，總含著那點心虛。

換句話說，平時的酒，不只是酒，酒的身上還擔負著一些責任。

讓酒擔負上這樣的責任，亦可能是自己的心性使然：某些不生不熟的場合，就算臉上掛著淺淺的笑，自己也有掩不住的空茫，偶爾一抬頭，才知道剛才已經走了神。

有時候場合太無聊，左右兩邊都是無趣的傢伙，那一瞬恨不得自己醉了，醉茫茫就人事不知，然而，那太失禮了，所以，對著面前的酒杯，我還是要努力保持警覺。

＊

飄渺的高空中，兩頭不到岸的地方，抿住嘴巴，細細地品嚐，就這一瞬，為了自己，我在喝酒。

酒的意思原該如此吧，由著自己，進入了某種漂浮的狀態。

這一刻的狀態印證心情：滑落，再升起……然後繼續滑落……，小女孩的我回來了，翹翹板一樣，專注於味蕾與酒精的嬉戲之中。

圓桌・女人

酒宴中，與知名小說家的妻子坐隔壁。

那位妻子，她自己也是知名的小說家。

＊

圓桌上，我們手肘挨著手肘，幾句話就很投緣。望著她誠懇的眼神，明知很冒昧，但擋不住，心底話就從我嘴裡溜出來了。我問她，怎麼處理與丈夫之間在創作上的親密關係？會不會彼此有時候也在悄悄地，競爭？

她瞅了我一眼。眼睛裡是趣味的神情。她邊想邊對我說：「這問題犀利，沒人這樣問過。」

回望著她的眼睛，滿溢著素面相見的信任感，我歉意地說，這麼直率，都因為我自己一直對這題目很好奇。

確實是我本身的疑惑，始終沒有找到答案。懸盪著的難解問題，就好像沒寫完的小說，總是擱不下。過一陣子，彷彿聽見玩蛇人的笛聲，念頭便從蛇籠裡鑽出來，繞著圈子胡亂搖擺一陣。

怎麼樣比較好？還是，怎麼樣都不太好？

＊

我確實認真地，想過。

不止於想過，可能也有過機會，與同行——同樣對創作很專注的男人發展出深一層的關係。

問題是，找一個隔行如隔山的在一起？還是找一個跟自己文學興趣有交集的？——哪樣好呢？

我深心裡的恐懼在於，創作的人都有過分纖細的神經：兩隻刺蝟彼此相傍，日日夜夜，就算小心躲閃，總會被對方刺傷一回。

什麼都可以妥協，唯有創作的事由不得人多說，尤其容不得最親密的人多說什麼。刺傷了，傷勢一定致命！

更何況，這件兩人都專注的事，將會持續擺在心底評量——乃至計較吧：誰比誰多一點天才，誰的近作更令人矚目，誰有更大的進步空間，除了世俗聲譽，真正算數的所謂「才情」，瞞不過自己。

另方面，文學伴侶可以一起討論剛才看完的書，創作中碰上瓶頸、碰上難以繼續下去的寂寞谷底，總有親愛的人在身邊打氣，那個自給自足的世界想來令人神往。

＊

小說家妻子思索了一陣，告訴我還是有，一些時候，與小說家丈夫，確實有說不出的競爭心緒。

我附和說，難免地啊，創作一則是主觀的領域，作者必須強，偏又最脆弱，介意於自己看重的人……

還沒說完，她立刻打斷，認真說：「其他都可以妥協，創作，我是一點也不讓！」

我理解地笑了，這時刻，眼前放出自信光芒的女作家，讓我想到沙特與波娃，愛因斯坦與梅麗可，羅丹與卡蜜爾，普拉斯（Sylvia Plath）與泰德修斯（Ted Hughes）……一對對才情愛侶間的故事。

深意地望著彼此，我接著說，「女人，讓一點點，就都沒了。」

人聲亂哄哄地，我與這位女作家，同為創作的女人，在圓桌上的默契，這分秒無人能及。

第2節　鑽石插在牛糞上

轉業時光

我跟公司同事閒聊，聊到在午夜，我住家窗口常有呼嘯的車聲。哎呀好驚魂，我家在濱海的公路上，磨了煞車皮？急踩油門，一聲尖銳的撕裂聲。

名叫阿K的公司同事，他告訴我，那是有人在賽車。

那些賽車手，從九龍到港島，為獎金、為賭盤，賭命一般，把深夜的濱海公路，變成澳門大賽車。

我笑問，為什麼你會知道，還知道得這樣清楚？阿K的回答出乎我意外，他說他自己曾在這條路上午夜賽車，不只呢，多年前，他也在澳門大賽做過槍手，獲得錦標賽的第四名。

啊？賽車手？就是眼前這位？眼前是彬彬有禮的阿K先生。阿K脾氣好，平日幫公司駕駛，總是慢悠悠開著車。阿K駕起車，從來不搶車道。後視鏡看到跑車、比我們公司車生猛的車，他會找個機會緊貼路邊停下，禮貌讓道。

啊，賽車手，他做過賽車手，我不住在心底驚呼。

細想起來，偶爾是可以瞥見技術。轉彎的時候，他一隻手撥著方向盤，車隨人轉，意隨車轉，果然是技藝的表現！哇，想見那刺激的生涯，我只不過在澳門玩過小型賽車，四輪貼地的感覺就讓我神魂飛馳（……承認吧，我天生心臟不夠強，轉彎時，怦怦跳的一顆心，跟著車輪就快拋出去）。

現在的阿K，每日小心開著公司車：不是飛龍在天，而是見龍在田。這一瞬，我替我們公司覺得榮幸，他居然願意，開我們公司溫吞水的本田車。

時代不同了啊，阿K繼續嘆道，如今的時代，他說，都是錢堆出來的比賽，澳門**Grand Prix**其實是比車，法拉利、BMW，在乎的是多少錢打造的一輛名車，才不是比人的技術。

＊

時代不同了，事隨人轉，人隨事轉，人便跟著有轉業的需要。

我記起，在華盛頓D.C.住家那些年，出名的中國餐館「鴨子張」裡，記得有個戴帽子的大廚，戴副深度近視鏡，總挨在餐桌旁邊片烤鴨。聽說，那人是北京出來的外科醫生。

人站在鴨子後面，把鴨子推到客人前面，然後用餐巾扶著鴨子，再拿起割肉的刀。那位大廚切出來的肉，刀刀見骨，似乎有解剖學上的道理。

我其實覺得惋惜，望著，心裡在哀哀嘆氣，哎，人家可是動大手術的專科醫生呀！

後來寫的一篇小說裡，我形容道，「操刀的那隻手，好像長出了綠盈盈的鏽斑……」

也不只他一個，許多人的手，這時刻，正長出綠盈盈的鐵鏽。

說別人，倒不如說自己。想想自己，我立刻自嘲起來了：這一陣，我花時間在讀的，是錙銖必較的公司帳；我花時間在改的，經常是沒什麼人會細看的公文書。

心裡從沒忘情寫小說（啊，那賽車一樣的刺激之感），眼前這分秒，誰說我不是……也在規規矩矩讓著車道？

電梯裡誰打呵欠？

最近的日子，上班時候，我都在觀察搭同一電梯的上班族，看他們的眼睛，誰誰，誰的眼睛像兔子，誰在偷偷遮住嘴巴打呵欠，誰，昨天晚上熬了一整夜？然後，我簡直羨慕地……望著那些呵欠的臉，雖然有倦容，但，應該也有特殊的神采吧，當回味著幾個鐘頭之前螢光幕上的精采賽事。

至於我，我沒有倦容（哎哎，當然也沒有那份特殊的神采）。我，又睡足了一整夜。

＊

這一陣，入睡之前，我都默默祈禱奇蹟出現：午夜三點正自動自發醒轉來，筆直地坐好在床上。

奇蹟不曾出現，大賽當前，我沒有一次，半夜三點鐘從睡夢中彈跳起來。慚愧？或者應該驕傲？驕傲地看，我可是敬業的上班族。上班族的規律，已經內化，已經深入我心（想想《心理學》課本裡巴夫洛夫的狗）。只有每天早晨上班的號角，才能把我從床上催起身。

坦白說，每天夜晚坐在床前，還是一陣掙扎，要不要索性上個鬧鐘？上個夜半三點把鄰居也一同吵醒的鬧鐘？——順便在心裡唸叨著：為什麼不在同一時區？為什麼不是亞洲地區爭取到主辦權（哈哈，那可就換地球另一半的歐洲，換他們歐洲人半夜三點鐘摸黑起床了啊）！

聽從我的腦？還是我的心？人生幾何——我要不要大大地任性一回？誰教足球賽那麼吸引人（比起來，連激烈的、短兵相接的籃球都顯得死板）。像那巴西球隊的明星們，個個玩得像馬戲團一樣，或者帥斃了的貝克漢，穩透了的席丹，……球，是圓的，而且一定要看現場轉播，正因為結果難以預料。

但……夜晚三點鐘開始比賽，兩個鐘頭後，說不定還加時再賽，接著就直接可以上班了：亮亮的天光，射在瞌睡的眼睛裡，注定了一整天頭腦昏亂。

＊

每晚臨睡前，鬧鐘旁邊的掙扎（上？還是不上？），讓我想起多年前看少年棒球的心情。

夜半，曾經在電視機前激動跳腳、大呼小叫，哪怕聯考前夕，也熬夜在看。觀眾跟隨中華小將打敗日本，拿下亞洲區總冠軍，接著，拿下世界總冠軍，那可是我們那一代的成長經驗。嗨，今非昔比，我今日的處境有點不一樣：現在，辦公室裡有同事，關係到一堆人的士氣，總不能夠瞇著睡眼呵欠連天；以前，即使考壞了，自己負責，我是一人做事一人當的學生。

所以現在，我要抵擋誘惑！

這時分，好像關住的毛猴子（頭上還綁了緊箍咒？）：熬一個夜，竟在盤算、竟在猶豫，竟然那麼在意它的代價、它的後果。

電梯裡，想著錯過的足球賽，我懊惱著自己這一刻籠子裡的生涯……。

游泳池畔的冥思

游泳池裡，我發現自己一點也不喜歡其他人。

我的意思是，不喜歡其他泳客。尤其要躲開動作極大極誇張的那一種，簡直來勢洶洶，攪亂了一池波濤，還會讓鄰近的人都嗆到水。至於游泳方向會歪斜的，也要快閃，搞不好會迎面撞過來！還有手腳亂動的孩子，這時刻簡直懼怕孩子，慌慌跳進池裡的小四腳獸。

孩子們還會嬉鬧，明明他們有自己的淺水區，偏在成人這邊打水球。我總是擔心橫衝過來的一隻腿，雖然只是臆測，已經影響到心情，……我只希望繼續那種靜謐，讓自己進入安靜的藍，掉到水天一色的幻覺裡。

*

對我，游泳池就應該是屬於自己的世界。

瓷磚、大片的藍，一點點消毒水的味道，就夠了。我可不要碰見任何生物，尤其莫要讓我看到……與我一樣，假裝自己生著兩隻蛙腿，而在游泳池裡一彈一跳的醜怪生物。

醜怪，對，就是這兩個字，罩著兩片大蛙鏡的尤其醜怪。

彼此避不見面才是道理。在游泳池裡，靠著浮力，就不必用力，所以，effortless，一點也不用力氣，徹底鬆下來的地方。或者這是某種隱喻。為什麼我希望effortless？因為與人在一起就是effort，就要花力氣，反之，與自己在一起最不費力，跟自己在一起最最輕鬆。好像在水裡，我們總想用浮力擺脫掉萬有引力！

沒有牛頓、也沒有蘋果樹，那是一塊懸浮的時空。

*

因為我的神經質？不，不只是我，這是普世真理：只要是認真游泳的人（而不是別有目的），游泳池的人際關係就是某種互斥。所以，其他的泳客說不定也同樣地厭恨著我、憎惡我的存在？

而孤僻，只是游泳池裡的心情。

如果是行山，我喜歡同伴，成群結隊也無妨，特別是腳力跟我差不多的山友們。

游泳就不同。大暑天，望著下餃子一樣的游泳池，我只好在池畔磨蹭，眼睜睜地挨，等到游泳池快沒人了，等著泡進去的人及早跳出來。所以是一種較勁，看誰熬得過誰。最恨游泳池還多事，從早到晚播放音樂，它怎麼可以替我決定那一刻的心情？

有時候在等，卻悟出了這件事的仿冒性質：游泳池原是仿冒的海，而弔詭正在於它有邊有際，我卻偏偏錯覺著它無邊無際。

……自己的海灘、自己的小島……，等在水畔，有時候也報仇一樣地想著，哈，若有一大塊地，挖一個很大的游泳池，就這麼窮奢極欲，一大池清水為我一個人好了，而目前，富有對我來說，唯一能想到的好處就是擁有一個人的游泳池。

我無聊枯等，胡亂想著：當年，賈桂琳說不定就是這個算計，才嫁給了歐納西斯。所以，就當作在游泳池畔等待我的歐納西斯吧，果然那船王富佬也生著兩隻短小蛙腿，真像是……在游泳池裡一彈一跳的醜怪生物。

痴痴地等，我的人生就這麼等過去了。為了獨自在水池裡的片刻，我比別人早、比別人晚，冷天、冬天、下雨天，為了等一個……屬於我一個人的游泳池。

藍色的星期天

掃興的總是星期日。

起床，就開始頭痛——側邊，太陽穴，從頭顱內牽扯到枕骨下方，彷彿有一根觸不到的神經，恨不得拿把鉗子捏住，釘子鑿下去也好，如果可以止痛。

感覺在暈浪：一艘小船航行在風浪中，灰黑的海面，雨水一陣陣掛下來，隨時可能覆滅了。暈的時候又好像在恍神：外界的東西都失去了形狀，手指用力壓著枕骨底下的風池穴，才能夠勉強集中注意力。

頭痛時，尤其想要喝足量的咖啡，當作鴉片、當作嗎啡，救命靈丹一樣灌下去，比平常更大的劑量！運氣好的話，咖啡會帶來轉變，就像突然撥開雲霧，事物從模稜中透出光亮，漸漸地顯出各自的形狀。

多年以前就開始了。中學時候住校，星期日是返校的日子，記憶中，排隊等校車的時候就在頭痛。

不知為什麼開始，也不知為什麼突然停止。有些日子，從起身到夜晚入睡，一整天都在跟頭痛拔河。

＊

聽多了「憂鬱星期一」（Blue Monday）的說法，我的苦惱，卻在於星期日。

星期一早起床要上班，頭痛倒自然不藥而癒。這毛病整我？為什麼總選在星期日、不在星期一，……難道是讓人假期也不能夠放恣心情？還是執意要教我謹守規律的重要？

心裡，我始終在抗拒上班帶來的規律。

週末一到，我立即打破上班（上學）的時間表。無論有沒有外面的約會，星期六夜晚都有任性的理由，捧著迷人的書不用說了，對著電視機裡的老電影也強睜眼睛，拖著賴著，就是不肯早上床。

任性換來的苦果吧？星期日起床，太陽穴顫顫地抽痛，這時候，好像綁上了緊箍咒的猴子，看你下次敢不敢繼續任性？

或者，沒什麼神祕的理由，只是化學物質的變化。星期日可以睡懶覺，睡的時間比人體需要還長，某些物質（毒素之類的？）重新進入血液系統。頭痛，由於毒素從血液中回流。

＊

但就是說不準。

有時候，熟睡了整整十個鐘頭，醒來卻渾然不覺，一點也不痛。

若試著為某一次突然加劇的頭痛尋找各種誘因，諸如：吃得太飽／睡得太晚／思慮太多，或者歸納出是不是吃了禁忌的食物，諸如：紅酒、巧克力等等（據說都會引發頭痛），然而都有例外，說不準的。

也因此心懷僥倖：痛的時候，緊抱著希望，寄望下一分鐘就奇蹟般戛然而止；不痛的時候，又沾沾自喜於這次睡得忒長……居然，逃過一劫。

那麼，下星期日運氣怎麼樣？——啊這人生充滿變化，周而復始的日子裡，竟多了某種丟骰子的趣味。

常玉的文人畫

這星期天，鬱鬱的天氣，很幸運，躲過一劫，頭痛沒有發作。

走過香港會展中心，佳士得的拍賣會正對公眾開放。我閒步入會場，迎面是趙無極的三連畫巨作《*Juin-October85*》。轉個彎，便看到常玉那張《黃底紅桌上的瓶花》。鵝黃與燭紅的色調，配上深黑枝椏，在大廳一角顯現奇特的靜謐之感。

展場還有常玉一九三一年的《貓與蝴蝶》，仰臥的貓咪與盤桓在上方的蝴蝶。常玉畫貓咪也是一絕。記得曾見過他一張一九三九年的畫作，題名為《椅子上的貓》，椅子上團著個肥胖貓咪：圓柔的線條，孩子似的筆觸，常玉的每一隻貓咪都趣味天成。正是這趣味讓常玉有別於尋常畫家，看他的作品很容易一見傾心，立即靈犀相通起來。像他畫貓咪，即使用粉紅設色，童趣中卻顯出悠遠的情調。他畫裸女，稀疏幾條粗黑線，勾出粗粗的大腿，即使是肉感裸女，也帶著文人畫的意境。花朵更具風格：幾枝菖蒲、一束薔薇、瓶中雛菊，對常玉皆是淡泊的心情。

我站在那裡，常玉的兩幅小畫前面，一時捨不得移開腳步。想著這樣安之若素的生命氣質，放在牆上，日日相對，也是好的。一念之間，突然生出擁有的慾望。

只有常玉這樣勾動我心魂，但也是想想罷了。這幾年，常玉的畫在國際賣場炒成了天價，平常人買不起了。

＊

常玉生於四川富商家庭。他一生波折離奇，充滿浪蕩氣質。二十歲赴法學畫。卻又選擇遠離學院。早歲成名卻毫不珍惜，總是率性而為。一九三八年回國奔喪，繼承了一筆家產，家產很快給他揮霍殆盡。中年之後潦倒度日。自稱「我生命中一無所有，我只是一個畫家」，後來為了謀生，還去做漆匠，在家具屏風上漆雕。一九六六年死於瓦斯中毒，死了兩天方才被發現。

常玉這樣的創作者，現世上無能，現實中無緣。站在他的畫之前，我愈想愈覺得會心起來：看我自己，錢來錢去，這輩子沒記過一天帳，也沒認真研究過投資標的，經常都弄不太清楚錢的下落。所以我告訴自己，不要想到收藏什麼，要認這個命——像我這樣的人，本來也不配擁有什麼好東西！

更何況在香港租屋居住，心理上常覺得居無定所。過去自己那幾件瓷器：一點點青花，一點點粉彩，收時都有特殊機緣，後來索性派上用場，當作日常的茶碟花插。至少時時手澤琢磨，也算惜物的方式；萬一打碎，自是緣盡於此。而家裡原本存著幾張舊字畫，曾經也各有適合擺放的牆壁。後來搬家，再找不著對的地方，讓畫可以顯出原本的氣韻，看來，即使做個業餘的收藏者，最重要的仍是貯放空間（注）、仍是現實條件。

所以，看到，放在心裡，那就夠了。記著自己的現實條件，記著租屋時房東的強勢要求：牆上可不許多一根釘子多一個孔眼，嗨，我本應家徒四壁，千萬不要痴想著把心愛的畫帶回家。

（注）就像這次以天價一千八百四十萬港幣拍出的趙無極的三連畫巨作《*Juin-October 85*》，在臺北、北京、新加坡無緣展出的一大原因是空間不夠，需要有香港會展中心的巨幅牆壁才能夠顯出它的磅礴大氣。

臺灣菜色

人在香港，某家報紙的副刊打電話來，要我示範一道臺灣菜。說是借我家廚房，他們找人攝影，版面上要用，向香港人介紹臺灣，順便教讀者怎麼在家裡做臺灣菜。

握著電話筒，當時糊裡糊塗答應了。一面在嘴裡嗚哩嗚嚕地咕噥：做菜啊？要我做？不適合吧，真要我做臺灣菜？我常煮的是義大利麵，做給自己吃，我在家裡比較喜歡弄西餐。

誰聽我啊？人家要我做的是臺灣菜，我在香港，按常理「應該」，呃，最會做臺灣菜。

＊

難題來了，確實有點難度，選哪一道菜？

偏偏身邊找不到臺菜的食譜。坦白說，以閱讀樂趣而言，我自己只喜歡西方的飲食書，人家這類的書已經頗具傳承：讀來沒有煙火味，文字雋永，夾雜著幽默與智慧。

辦公室裡鬧哄哄一陣，同事們七嘴八舌給意見。

然後縮小範圍：食材應該是雞。

想到雞，也因為我百讀不厭的一本書，人稱為西方飲食聖經，這本經典之作 *The Physiology of Taste*（注一）裡寫道：「家禽（主要指雞）對廚子來說，就好像空白畫布對畫家，或者是變戲法的帽子對魔術師一樣。」啊，對我這空有想像力（卻無實踐力）的客串廚師，需要的正是一大片空白畫布，讓我可以炒、可以煮、可以燉、可以燜，可以去骨、可以帶皮，變戲法的帽子揮一揮，端出來易學好吃的臺灣菜。

想了幾個跟雞有關的菜色，漸漸覺得不容易。困難尤在於香港找不到臺菜的醬料。譬如讓我想著就神往、想著就打心底歡呼的菜色：「麻油雞」、「燒酒雞」，必須加上正宗的臺灣米酒，才有特殊的酒香。而另一道「三杯雞」，則需要我們臺灣的醬油來入味。在我感覺裡臺式醬油獨一無二，不像港式的生抽那麼鹹、亦不像港式的老抽顏色那麼濃黑。

偏是香港難找的東西，但臺灣菜確實仰仗這些滋味，缺了這些，注定不夠地道。

這種需要描述的時刻，文字無能為力，說不出作料跟味覺之間日久天長的姻緣。譬如臺灣的「蚵仔麵線」，一定要加幾滴臺灣的烏醋，那澀溜溜的重酸跟濃稠的麵線簡直佳偶天成。又譬如生燙一盤墨魚，也要浸我們臺灣的醋，醋裡還可以放薑絲蒜屑，舌尖捲起，花枝亂顫，真是魚水兩相歡。

從小在家裡爐灶旁擺著的，也總是這幾味：紅標米酒、味全（或金蘭或……）醬油、工研醋，乃至牛頭牌的沙茶醬。少了這些正字標記，燒不出正港的臺灣菜。

*

讀到這，你或許好奇於後來的結果。

廚房裡熱氣騰騰，我臉上油光閃閃：最後選定的還是「三杯雞」。

料理的過程夠簡單：先切小雞塊，一杯（注二）麻油爆炒，再加一杯醬油與一杯米酒燉煮，起鍋前，撒點九層塔。現場打著燈光，赭色的雞塊，配上九層塔的俏綠葉子，攝影鏡頭底下，還算秀色可餐。

至於那醬油，我是自出心裁，一半生抽一半老抽。而米酒的部分，改用廣東米酒。實際動筷子嚐嚐，對我的味蕾來說，只能說勉強湊合，不免再一次想念我們臺灣的醬料。但想歸想，臺灣豆油真的那麼甘醇？真的那麼不可或缺？這些氣體分子，從小時候，就繚繞在家家戶戶廚房裡，已跟過往的記憶密不可分。

想歸想，記憶歸記憶，在香港，以圖像為主的報紙版面上，怎麼拿手怎麼地道，視覺裡只是一盆燜紅的雞罷了。

拿著筷子，一面卻微覺寂寞起來。

（注一）*The Physiology of Taste*，原著是法文，作者是法國人Brillat-Savarin，1725～1826，起先朋友借我看，後來也在朋友間分享流傳，如果像我一樣，只能讀英文譯本的話，一定要找譯者是M. F. K. Fisher的那一本。

（注二）麻油、醬油與米酒，其實各三分之一杯已經足夠。

鑽石插在牛糞上

最近，見到謝瑞麟的廣告看板我會笑。

廣告上亮閃閃的，一顆「九心一花」的大鑽石。

周大福、第凡內、周生生、卡迪爾……，這些名店以後怎麼辦？實情是，最近只要想到鑽石我都會笑出聲。

從我急於娛樂自己的眼光看出去，近日媒體上最有趣的新聞，就是一樁關於鑽石的發現。原來我們臺灣的科學家有驚人之舉，中研院院士毛河光在國際會議上展現了一顆十克拉的自製鑽石。據說之前，另一位臺灣學者，成功大學理學院院長余樹楨，也用差不多的材料做過類似的實驗。

有趣的是材料，我說的是實驗材料。據說，只要以天然裸鑽為母岩，利用牛糞（或者其他動物的排泄物）所產生的沼氣甲烷，加上氫氣等輔助氣體，再放進，哈，讀到這你一定也會笑，微波爐裡……

微波爐，加熱，噗噗噗，這次不是爆米花，像裝玉米粒的紙袋一樣，在微波爐裡快速膨大起來。打開微波爐門，哇啊，長出一顆大鑽石。

不是香噴噴的爆米花，開出了亮閃閃的鑽石花！

有趣吧？若不算放進微波爐這件事，其實，人造鑽石已經有半世紀的歷史，有人曾經模仿自然界的條件，利用鐵鎳做觸媒，將石墨熔化後結晶的金剛石，在高溫高壓條件下成功培育了人工鑽石。以前這樣子「長」出來的鑽石，據說顏色偏棕黃，很難魚目混珠混進高級珠寶，而且太小粒，連三克拉都「長」不成。然而這一次，微波技術「長」大的鑽石，據說如假包換，甚至可以騙過GIA鑑定專家的法眼。

想想看，一旦變成……像是微波食品，目前的鑽石市場將面對巨幅震盪。說不定坐擁南非礦脈的鑽石商，此刻正急著雇用殺手，想要消滅熟知「微波」技術的科學家。卻也不只天然鑽石降價，矽的身價也會一夕暴跌吧？根據科學家的說法，由於鑽石的熱傳導率很高，鑽石本來就可以取代矽晶作為積體電路的材料，換句話，只要鑽石取得容易，「矽谷」就會變成「鑽石谷」。

*

《推銷員之死》作者亞瑟．米勒在戲裡寫著：「The jungle is dark but full of diamonds.」，喔，他真有洞見，黑濛濛的叢林裡，果然有許多鑽石，不，鑽石的原料——他說的難道是牛糞？

最有趣的還是想像……茶餘飯後，人們將用怎麼樣的眼光望向貴婦人身上的珠寶？

「牛糞的氣味?」手指伸過來的時候會躲遠一點。

一旦，鑽石多到像地上的，啊，地上的牛糞，而等級與大小，又只跟微波爐的加熱時間有關（英文說的「no pressure, no diamond」，哈，說的原來是微波爐裡的壓力）。定情禮就會與時俱遷，總不能夠繼續用牛糞加工的產品代表愛情的堅貞、心意的永恆。以後的淑女，將不會在那浪漫的餐廳裡，香檳杯的掩映下，接過禮物盒時含羞問道：「你要送我……從天上落下來的星星?」

掉落在地下的，永遠只是牛糞。

*

微波爐裡自行加熱，牛糞與鑽石想來可以DIY自由轉換。

之前，大美女莎莎佳寶（Zsa Zsa Gabor）曾經睿智地說過：「我從來沒有恨一個男人，恨到要——把他送給我的鑽石還給他。」（I have never hated a man enough to give his diamonds back.）

原來，鑽石真的不用退還。懲罰變心的男人，一坨牛糞丟回去就好。

男人大解放

男人終於學著鬆綁自己。

應該算實際的需要，它是個能源議題。起先是日本男人小泉，不穿西裝不打領帶。接著，我們臺灣也由高層帶頭，高屏衫、臺灣衫……，努力實驗T恤上班的新流行。

至於香港這個「凍感之都」，電梯一開門總擁出全套西裝的上班族。沁涼的辦公大樓中，我想著，什麼時候才會看見衣著「解放」的香港男人？

同時，「地球之友」說，香港因為冷氣耗電，每年產生高達二十二萬公噸的二氧化碳，等同四分之三香港面積的樹林才能吸收。據說香港的「凍感」是全球之最，不只辦公室，餐廳、影院都像冰箱，香港竟然是全球空調開最低的地方。旅遊書上對旅客提出警告：香港的夏季「寒如北極」，外地人來香港應備有禦寒裝束。

＊

窩在辦公桌前，我把自己包裹成肥肥的熊，手捧熱咖啡，無限同情地想著剛才同個電梯上下的ＯＬ，已經凍得發紫，還要擺出矜持面容的靚女們。那些瘦伶伶的香港女子，寧可冷死也不願加件外套。外套固然保暖，裡面的胸口、胸口美麗的蕾絲，全看不見了。

許多人老早洞悉，這是一個性別陷阱：辦公室的超低溫為穿西裝打領帶的需要而設定。女士們，除非穿跟男人一樣三件頭，再學男人牢牢打上領帶，不可能挺得住這種「嚴寒」。為了職業賠上健康，女性慣於曲意配合。許多年後若做統計分析，風濕病關節炎的人數，與當年辦公室所設定的空調度數，鐵定成反比。

*

男人「解放」自己，女人趕緊拍拍手。這件事值得大大鼓勵，因為很體己，回過頭一定嘉惠自身。其實，我也存著私心，希望這個議題快快發酵。

而我的私心裡，並不奢求有人特別體貼，為女士設計出靚靚的辦公室衣著。我只盼「解放」更徹底些，辦公室的 Dress Code 之中，最好，一舉也把我喜歡穿的牛仔褲包括進去。

深藍洗成淺藍，淺藍洗成醬白，它保溫、它通風，它強韌、它輕便，洗衣機一轉再轉，怎麼搓洗依然好穿。不僅冬暖夏涼，而且是健康材質，牛仔褲的棉布對皮膚（好像第二層皮膚）、毛孔（denim 布上布滿了透氣口），都有說不出的適體之感。

有人會說這不成體統，它從來不登大雅，自從一八七三年牛仔褲第一次出現，德國移民 Levi Strauss 在美國獲得專利的年頭，牛仔褲就跟藍領的粗工聯繫在一起，從來不是辦公室裡的服裝。然而，牛仔褲它 rebel，卻是 rebel with a cause！牛仔褲屬於藍領階級常穿的「工作服」沒錯，但一份工作就是一份工作，無論在工廠、在碼頭、在冷氣充足的辦公室，對整個「制度」而言，我們都是，都只是工作的一雙手（原諒我的美式語法）！白領跟藍領，何必做區分？

換句話說，跨越界限的時代，本該移除過分僵硬的 Dress Code。藉著改變 Dress Code，說不定，香港的階級分界也能夠消解少許。嘿，我扯遠了，再扯下去，變成對人家這裡階級社會的批評，繼續扯下去，說不定，我對香港過度資本主義化的批判也傾巢而出。看看，都怪冷氣太強，我……穿太多，也想太多了。

聽狗在説話

我努力在學：從五十音開始，認那些歪扭的字，唸一些困難的音。學日語的理由讓我靦腆，喔喔，還是直説吧，除了去東瀛洗溫泉時可以更加「自助」，迫切的理由，是我想懂得狗兒想説的話。

為了狗兒跟我的聯繫，……難道，這人生還有比這個更值得的理由？

＊

最佩服日本人的貼心智慧。

據説這個得到「Ig諾貝爾獎」（注）的大發明已經問世三年。先是叫作Takara的日本廠商，花幾億日圓，結合起聲學專家與動物學家，發明了俗稱「狗語通」（Bowlingual）的「狗語翻譯機」：利用的是聲紋技術，分門別類收集狗聲音，透過分析用波形顯示，再編譯為人類語言。買「狗語通」便附贈小巧的麥克風，掛在狗脖子上，聲音傳遞到主人握著的接收器，液晶螢幕上會出現對應的文字。從此狗的聲音，就被翻譯成人類的情緒語言。

而我趕著學日文，正為了第一手，不必經過轉譯，明白我家兩隻狗開口的意思，到底牠們對我說什麼，對彼此又說什麼。

＊

早起，去辦公室之前，我都在複習我認識的……

一邊努力做好學生，一邊想到，不久，我便可以清楚知道狗兒正說，「見到你，心裡真高興啊」，我猜，那是每天早晨，狗吐出的第一句話。

有時候我也會多一份心，算是合理的懷疑吧：既然研究發展由日本廠商包辦，資料蒐集的範圍可能也在日本，這機器最適合的會不會只有萬世一系、大和血統的狗兒？秋田犬或者柴犬，那種非常桃太郎的日本狗。

牙牙學語的困難裡，便想到更合理的安排——喔喔，這發明應該逆向，把人類的語言轉譯成狗的吠叫才是！換句話說，我可是一點也不介意，把位置顛倒過來：機器掛在我的頸子上（說不定可以做成雞心項鍊），另一端連著狗耳朵，把我想跟狗說的話，翻譯成牠能夠理解的吠叫。而我有好多話跟牠說啊，包括這公寓奇怪的守則（到晚上要安靜），包括香港人奇怪的神經質（太吵了會報警），包括我自己最近的煩惱（已經咕咕噥噥說了一大堆），包括牠需要學著接受的未來處境（我又打算在家裡多養兩隻貓咪），好多好多話……

還有一些比較錯綜複雜的意思，在我這一端，必須，必須用人類語言來表達，像是以下這一段關於「妒忌」：你們兩隻坐下來聽著，主人愛你們一模樣，不會因為誰跑第一，先跑到我的面前就多得一點，總之，主人的愛不是狗餅乾，不會愈分愈少……誤會消弭了，我們家將是個更和睦的大家庭。

*

等你來發明！

（注）the Ig Nobel Prizes，翻譯做「搞笑諾貝爾」，每年頒發一次，主辦者為 Annals of Improbable Research，獲獎者皆因對人類有重大貢獻。二〇〇五年出爐的新獲獎者：包括兩位英國學者，他們給蝗蟲看《星際大戰》影片來觀察蝗蟲腦波、因此得到「和平獎」；一位美國學者，他發明某種會躲閃逃跑直到你找到它才停止鳴叫的鬧鐘，因此得到「經濟獎」，欲知林林總總的詳情，請看維基百科（Wikipedia）。

第3節　PDA與筆記本

香港少什麼？

今夏，香港少了什麼？

今年季候特別溫和，一次也沒有：不記得有掛上「八號風球」的日子。樹梢經風，最多輕輕款擺，並不狂恣地搖曳。毋須趕緊收拾，跟著惶惶的人群離開辦公大樓（快快，兩小時後舟車全面停駛）……。

*

一水之隔，臺灣今年風災特多，朋友告訴我，幾乎未曾停歇地漲著菜價。在香港這裡，風調雨順，卻好像缺了些什麼：想的尤其是風雨逐漸增強，抱著一大堆泡麵涉水回家的情境。

想的也是幼年記憶。遇到颱風，就要在窗櫺上釘木條、在門口綁沙袋。屋頂可能整個掀起，一陣強風刮破玻璃，隨時有破窗而入的木塊雜物。天黑了，電線桿倒下，光亮是晃動在風裡的蠟燭。

熄了，再點燃，一霎間，像生日蛋糕上的蠟燭。

一息不再，如果一息不再……小小孩童也懂了，亂世浮生的幸福之感。

天花板上的水漬繼續擴大，像天狗？像飛狐？像怪獸？……水漸漸淹過門垛，坐在床上，水繼續漫高，只好坐在桌上，接著把凳子架在桌上，積水繼續漲，趕緊爬進洗澡用的塑膠盆，啊，好大的水，可以在房間裡漂小船。

＊

當年住家在美國東岸，記憶最深的也是風雪天。

早上出門只是小雪，到了辦公室才知道風暴要來。匆匆收工，跳進車子，先是在阻塞的公路上緩緩挪移，轉到小路後狀況更糟，間歇在雪地打滑。最後油箱空了，拋下車，踩著雪回家。不，不是踩，是爬，四隻腳跌跌撞撞，在雪堆裡爬著回家。

遠望沒有邊際，周圍的田野漫成了一片白茫茫。

下一腳踩空，就可能陷進雪窟洞，再起不來。一步一步，腳尖先試，試著在棉花堆裡輕輕觸地，一步一步，終於挨近家門旁。

屋裡燈光好溫暖，從窗玻璃裡看進去，這一分秒，眼眶裡有欲淚的衝動。

＊

想起在臺灣，颱風要來，習慣的反應是擠進超市，推出一大車生食熟食，多數屬於不需要的囤積。

因為恐慌……恐慌時體內急增的腎上腺素？而這種生理反應，可以回溯至遠古的集體記憶吧。災難前夕，身體會啟動某種緊急系統，讓人感覺到飢餓，提醒著自己身體裡儲蓄存糧的需求。同樣的道理嗎？這腎上腺素還會啟動另一種神經傳導，在大難前夕，讓人突然激奮莫名。

＊

一般人都認為，香港是得天獨厚的地方。沒有酷寒、沒有風雪，即使颱風的暴風半徑掃到香港，緊接著一定就登陸廣東，風勢會變弱，大陸塊是自然的承接，香港因而躲過許多天災。

歲月這般靜好，然而我……堅持它少了些什麼。整個夏天都不曾掛上八號風球的香港，簡直像迪士尼所描畫的天堂景象：一個壓克力板做的世界。

怎能用紙杯吃冰淇淋？

用鐵勺子挖出來，塞進螺旋狀的捲筒裡。捲筒質地很脆，染成蛋黃的顏色，有一種薄薄的透明感。賣冰淇淋的車子，裝著會叭叭作響的黑膠皮小喇叭，那喇叭聲，就跟快樂童年相連在一起。

小孩子時候，我就喜歡吃冰淇淋。

大學？中學？的時代，美國引進的技術吧，我們臺灣出現了打著進口招牌的「頂好冰淇淋」，開始有脆餅乾一樣的脆皮甜筒。「美國」，當時在我心裡，就跟冰淇淋的甜蜜滋味連在一起。等到真去了美國，才發現冰淇淋很貴，「31 flavors」是窮學生的頂級享受，過生日才捨得買一球犒賞自己。後來有了車，可以開去城郊的店叫作 Dairy Queen，最喜歡那牛奶味道濃足的軟冰淇淋。吃到最後，舔舔手指，再把捲筒也送進嘴裡。有時候融化得太快，軟軟地從捲筒上滑下來，幾乎連手指也一起嚥下去。

用紙杯吃冰淇淋，便少掉那樣的滿足之感。其實，這樣用手指，直接送入口的動作奇妙無比。Pizza 餅、墨西哥捲餅、印度食物中叫作 Naan 的烤餅，也都有點神似：放進嘴巴，淋漓盡致，還要舔一舔沾滿醬汁的手。

用手，只因為用手，便有這樣的歡暢感覺。

＊

學業完成後在美國做事，身邊養了一條狗，我最喜歡跟狗一起吃冰淇淋。冰淇淋店門口，經常有這樣的畫面：一個捲筒，牠舔這邊，我舔那邊。母親看了就罵，她用不可思議的眼光瞪著我、也狠狠瞪著我的狗。從小，她總怨我像野孩子，怎麼教也教不會，教不會做個淑女，舔手上的捲筒冰淇淋，對我母親，那是沒規沒矩的下等人模樣。

在我們家，母親一向是傳統與規範的護衛者。

躲著母親，父親、跟我、跟我家的狗，當時我們一致決議，要用舌頭舔冰淇淋。狗兒吃一口我手裡的捲筒，輪流，再吃一口父親手裡的捲筒，「血糖又高，偷吃冰淇淋——」母親就這樣一路追著罵。於是，為父親辯護之餘，我還要為狗的族類闡明真相：「媽，你不知道，狗身上的細菌種類比人少，牠才應該擔心，人把不知名的病傳染給牠。」

舔著手上融化的冰淇淋……母親追，我們躲，一直在玩這樣的遊戲。

＊

好像聽見心裡衝鋒的號角？很多時候，母親嫌棄的事情我偏要試著去做。

人生中，這樣的反叛已經成了習慣。

近一兩年在香港，進到IFC或者「海港城」之類的大商場，似乎也成了習慣：先找Ben and Jerry，買一個雙球或者三球，然後邊走邊逛。有時候擠在穿著正經的紳士淑女中間，很張揚地，我舉著搖搖欲墜的捲筒晃來晃去。有時候在精品店門口，貼著玻璃朝櫥窗裡面張望，手中的冰淇淋還沒有吃完，一時景色迷濛，玻璃上映出沁著水珠的鼻子印。

這一年，舔冰淇淋時候尤其惆悵：跟我一起挨罵的父親從人生學堂裡畢業走了，剩下我，繼續在假想中，玩這樣逃學的遊戲。

火雞的滋味

與美國的朋友打電話。

「感恩節，忘了嗎？」朋友告訴我。

這一分秒，想到的竟是火雞肉，盤子裡胖墩墩的大鳥。

*

火雞肉？坦白說，我從來沒喜歡吃過火雞肉。但我怎麼會忘得了感恩節？簡直就是美國的滋味。

感恩節不像聖誕節，後者有某種普世性，連人在香港都過得有模有樣。而感恩節，卻純粹是北美洲的節日，那個核心價值的火雞肉，怎麼烹煮都難以入味，簡直……像美國生活的單調。當年我學校在美國中西部，周圍一望無際的玉米田。剛到美國的感恩節，同學們都有家可回，只有農莊主人邀我們外國學生去過節。坐在堆疊的玉米梗中間，我手裡拿著自助餐餐盤，第一次嚐到這個將持續吃許多年的火雞肉。

主食的火雞不好吃，長桌子上卻樣樣俱全，擺著吃不完的配菜點心。寒冷的異鄉，望在窮學生眼裡，尤覺得甜滋滋的慷慨豐盛。我原本遲疑著該不該來，這一刻，卻體會到感恩節的起源：離開家鄉的清教徒被印第安人餵養一頓的感恩心情。

後來跟指導教授愈混愈熟，與他家人一起過節，邊看美式足球邊吃火雞。那時候壁爐蓬蓬燒著，屋子裡暖洋洋的，偶爾向外張望，不知何時地下鋪著一層銀白。

小城的第一場初雪，總在感恩節前後。

*

美國，畢竟是住了十幾年的地方，口裡說忘了，心裡，真的一點也不想麼？

寫信給朋友，寫著地址，停下筆卻發愣。寫到 Apple Blossom Road，「蘋果花路」，頓時覺得香味撲鼻，單純的幸福真令人神往。一般來說，美國的命名都很簡單，有的以顏色為名，綠樹成蔭就叫「綠巷」（Green Circle）。還有以水果為名，從前有一棵柿子樹吧，簡簡單單就叫作「柿子巷」（Persimmon Lane）。好多地方都叫溪水、泉水，譬如說有個地方叫「銀泉鎮」，Silver Spring，可能也因為地區的景致而就地取材。「銀泉鎮」在我朋友目前居住的華府市郊，距離我住過的「波多馬克」（也是一條河的名字）不遠。

在美國的最後幾年，我的家在「波多馬克」，就在 River Road 轉 Falls Road 的地方。回家時候，過了小河就是瀑布，一路好像聽著淙淙流泉，駕車的心情也愉悅起來。

這一刻，寫朋友地址的時候神思不屬：哎哎，我現在暫住香港啊，這裡的地名特別文謅謅，公寓大樓取名字用「翰庭軒」、用「蔚巒閣」、用「雍景臺」，有一點附庸風雅，也有一點點裝腔作勢。還有「曼哈頓」、還有「凱旋門」，至於珠光寶氣的「華庭」、「豪庭」，只讓人覺得貴氣盈庭。

至於我，寧可走「河水路」轉「瀑布路」，那樣的地名才讓人沿途想唱歌。

*

當時一年一年過去，在美國，感恩節依樣是烤火雞。

後來的那些年，感恩節經常在朋友家過：望著女主人在火雞肚子裡塞滿糯米飯，再一針一線縫好。華人們想出僅有的一點變化：把火雞當作八寶鴨來烹調，顯然對肚子裡油滋滋的填料更有興趣。

當年應景吃上一口的火雞肉，隔著這些年的時間，如今回味，它不再乾澀，早已經蘸著人情的溫暖了。

時光・定格

前一陣，曼菲走了。

大家都知道她個性溫暖明朗，幾分任性，還有幾分孩子氣。其實，她連睜著圓圓的大眼睛撒賴也讓人心疼。最後一次在香港見曼菲，還是她帶舞團出來公演。她眨著眼睛嬌嗔道：「平路，你敢不來？——如果你沒來，沒見到你，以後就不理你。」

自從曼菲走了，不知道為什麼，耳朵邊常常自動播放，斷斷續續地一首老歌，那是羅大佑寫的〈你的樣子〉：

「我聽到傳來的誰的聲音，像那夢裡嗚咽的小河，我看到遠去的誰的步伐，遮住告別時哀傷的眼神。」

也許是羅大佑在歌詞中接著說的，不明白活下來的人，為什麼情願，讓風塵……繼續……刻畫我們的樣子。

＊

對著經典電影臺，我總在尋找那樣純美的氣質，在我心裡「定格」——

那天，街市看見紫藤花，淺粉的紫色，弱質飄搖的一枝花，卻是絕塵的風姿。站在嘈雜人聲中，卻想到年少時會背的抒情英詩〈給一位舞者〉，**Jackson Brown**寫的，其中一句是：「最後一支舞總得由你獨自進行」。

獨舞，下場得特別早，好還是不好？——而對美麗的女人，莫非，死亡才是她最好的「定格」？從此「定格」，記憶凝定在某個時間點上；若由著美好的事物，在這世上繼續被風霜折磨，剩下了也只是遺痕……

現存的演員，我也多麼想把他們定格在昨天。

像是茱蒂佛斯特（**Judie Forster**），其實都為了她，我去看《空中危機》（***Flight Plan***）與《臥底》（*Inside Man*）；散場時有點惘然，說不出的細微改變？為什麼她不似從前？而我沉湎的仍是《沉默的羔羊》裡，茱蒂佛斯特沉靜、看似堅毅、卻帶著絲絲神經質的秀緻容顏……

我繼續在《V怪客》（*V for Vendetta*）——上次是在《偷情》（*Closer*）——電影裡尋找娜塔莉波曼（**Natalie Portman**）。娜塔莉波曼今年才二十三歲，我已經想念她當年在法國導演盧貝松的名片《終極追殺令》（*Leon*，或譯*Professional*）飾演販毒者的小女兒瑪蒂達的酷烈眼神。

好在《V怪客》情節依稀相似：娜塔莉波曼仍然演殺手，片中她的角色也都有父母雙亡的童年經歷。《V怪客》雖是未來光景，在我眼中，卻處處有老電影的痕跡。難道，導演詹姆士麥迪格（James McTeige）如我一樣懷舊，也在玩懷舊這老年的遊戲？而《V怪客》結尾，提到的是我喜歡的愛德蒙．鄧蒂斯，我一遍遍在心裡唸的，大仲馬的《基督山恩仇記》中，那個甜蜜的名字。

愛德蒙．鄧蒂斯不會老，那麼，怎麼辦？在歲月帶來的敗壞荒蕪之前，怎麼樣，至少，把自己「定格」在這一刻？

那一刻你在哪裡？

最揪心的正是平常。

《聯合93》（*United 93*）拍出了那份平常。

平常的好天氣，那是平常的一個早晨。旅客魚貫通過安檢，進入機艙，綁好安全帶，如同每一次航程，厚重的機門鎖上，空中小姐做緊急狀態的示範。跑道上有一點延遲，飛機內有些微的焦躁，終於升空。機長報告：一路萬里無雲，再平常不過的旅程。

五年前，九月十一日，當天早上九點左右，聯合航空93班次是四架被劫持的客機中的一架。《聯合93》在導演格林葛萊斯的掌鏡下，全片不用特技、避免煽情、沒有大場面、沒有灑狗血，甚至沒有道德判斷，以紀錄片般的穩準與平實描繪出當時機艙內的真相。

*

那一刻我在哪裡？

我清楚地記得，回家的路上，我自己駕車，不經意轉開車中的收音機，正好插播新聞。手放在駕駛盤上，聽到一則驚人的消息，混在許多未經證實的謠言之中：**a plane has been hijacked and has crushed into the World Trade Center**，劫機又撞樓，似乎是兩件事，手忙腳亂下，劫機者不小心擦碰到摩天樓？……衝回家打開電視，那時候，第一架飛機才剛撞上世貿中心不久，摩天樓正冒出濃煙，望去，上層下層結構都安好，卻有不祥的感覺，螢光幕上有一個黑窟窿。CNN的頻道上正現場直播，千萬電視觀眾與我一樣，就這麼眼睜睜望著：幾分鐘後，第二架飛機，對準世貿大樓，正中穿了進去。繼續目注著螢光幕，沒多久，雙塔就在我眼前塌陷。

掩著驚呼的嘴巴，直直地釘坐在電視機前，到下半夜。

五年來發生了許多事情，別的都忘記了，然而，我記得那一瞬身在何處。

*

我坐在戲院裡，一瞬不瞬地回憶著。

多麼奇怪，災難讓記憶有了層次。那特殊的時間點，在我們每個人的記憶裡被區隔出來！周遭都漫漶了，那個時間點上的記憶卻是一塊不沉的島。

災難時自己正在何方？那是歲月裡的注記嗎？——對我這樣的一個臺灣人，災難的記憶包括921大地震的經驗，那是一九九九年，至今，我可以清晰回憶起每分每秒的過程：自己的震撼、街頭的倉皇人聲，以及心裡怎麼樣立即惦掛著親愛的人。

記憶像模糊的流沙，突起的地標卻是災難，於是，浮生裡突然現出了絲絲縷縷的脈絡……接下來許多年，餐桌上跟好朋友的話題之一：那一刻，你在哪裡？正在做什麼？

記得災難那瞬間，便也記得在災難之前，什麼還都沒有發生，以為什麼都不至於發生的歲月。而浮生若夢，眼前這一刻正是，在更大的破壞來臨之前，以為……就這樣歲月靜好下去。

美國機場

拖著行李，沉甸甸的步子落在地下，聽起來好似象腳踩踏香蕉葉。我抬頭，眼前一個個胖成了正方形的巨型屁股，還有凸挺出來的超級肚腩，……

四月的波士頓，Logan 機場一角，我縮在塑膠皮黑椅子上，算自己多久沒來美國了？

男人女人，包括衣服尺碼、餐廳一碟菜的份量、裝爆米花的紙盒，……難道說，都在我離開這些年間悄悄加大。以至於回到美國，依然可以穿我從前的尺碼，甚至擠進更小一號，絕不是自己身材變瘦，而是流年在暗中偷換，尺碼也在暗中偷換？

＊

盤腿坐椅子上，面前是 Dunkin donuts，剛從機場角落買的甜甜圈。選了傳統口味，叫作 old fashion 這種，都為了讓自己記起舊日時光。

特別適合寒夜，一杯滾熱咖啡、一個甜甜圈。最少的錢，帶來最實惠的安慰。甚至 Dunkin donuts 的那種招牌粉紅，看在我眼中，都有一種不分貴賤的溫暖適意。

甜甜圈店怎麼開在臺北的天母?怎麼變成了年輕人排隊或約會的熱門地點?——我總覺得臺灣人並不明白美國文化裡的這一層庶民意涵。其實，甜甜圈老少咸宜，囊括了鰥寡孤獨的基本需要。就好像美國的流行不會是秀而嫩的韓劇偶像俊男，也不會是尖而細的東洋娃娃嗓音，美國生活總有某種粗礪質樸的方便甜香……說不定它的譬喻正是**Dunkin donuts**：好處是每個人一視同仁，壞處是美國人都在同樣的膨鬆劑中脹大著。

*

不適應美國的是我自己吧，好久沒長途旅行了，身上金屬環扣的皮帶就是個大大失策，我需要脱下長靴、取下皮帶，才能夠走這一關。

一長排隊伍，卸下手機、掏出鑰匙，有的雙手舉高束手就擒，有的待宰雞隻般垂頭通過。911之後，美國機場裡充滿了森嚴氣息。麥克風不停重複，要你雙手緊緊抓住，只要離開視線，隨身行李（為了害怕有人安裝炸彈）會被機場人員立即取走。我四處張望，也變得緊張兮兮，提防的不是恐怖分子，而是這些暗地偵伺著，隨時準備撿走我行李的機場幹員。

等著被檢查的我思憶著：那個天真無憂的年輕美國哪裡去了?

*

然後我走入機艙，塞進座位，翻開機上購物手冊，喔，果然體貼，配合「戰後嬰兒潮世代」（baby boomers）的消費習慣：手冊上包羅萬象的寵物用品，包括下主人床的墊腳樓梯，以及平靜寵物情緒的名曲CD，……想到家裡的老人，我在購物單上先行勾下：罩著一圈放大鏡的日光燈（號稱一體成形，不用戴老花眼鏡看報），以及坐著洗頭髮的塑膠接盆（號稱一體成形，洗／染／沖，都不必彎腰），給我母親最適合。

流年在暗中偷換？地心引力之下，原來我自己……也變得不再輕盈自由。

星際影迷

這麼多年，我這個忠實影迷，一路在跟《星際大戰》。每次仍然瞪大眼睛，震懾於開場時的氣勢不凡。這一集尤其精采，叫作《第三部曲：西斯大帝的復仇》。感謝喬治・盧卡斯，《星際大戰》系列最核心的疑團終於分曉，就像盧卡斯自己說的：「所有線索都拼湊起來，前後劇情都找到關聯。」看了這集，彷彿我自己也有完成拼圖的快感。

貫穿《星際大戰》系列的謎團是：天行者路克的父親安納金（Anakin），怎麼變成包在鐵甲裡的黑武士（Darth Vader）？這一集劇情集中在安納金身上：包括他作為年輕武士的雄心壯志，以及與雄心相衝突的私情愛戀，然後是面對夢中惡兆（妻子在產後死亡）的忐忑與恐懼，……許多時候，安納金的心境如同《浮士德》的人物，眼前是出賣靈魂給魔鬼的誘惑：要不要？換不換？做不做？他握著光劍在猶豫，又如同莎士比亞的場景，to be 或者 not to be：主人翁正面臨至為艱難的抉擇。

導演盧卡斯一向受東方哲學吸引（像「原力」善惡兩面的說法就是例證），電影中淺淡的幾句話，很容易動人心弦。這「第三部曲」如同整個系列，仰賴眩目的電腦特技，但在重要的時刻，亦如同《星際大戰》前幾集的題旨，那題旨卻是關掉電腦，相信你的直覺。對盧卡斯來說，尋覓自己內心的聲音，那才是生命的根基！我自己尤其喜歡聽那隻豎著毛耳朵的學究——尤達大師（Yoda）說話。這一次在「第三部曲」中，矮小的他告誡安納金說：「Train yourself to let go everything you fear to lose」，聽著，漆黑的電影院裡，我突然心中一懍，是啊是啊，父親逝世後的時間，我就是最難以「let go」，所以心中仍有怖懼、仍有顛倒夢想。

作為資深觀眾，《星際大戰》系列有高科技有好故事，用英文倒裝句的說法，我一點也不介意這樣被娛樂到——左腦與右腦都被充分娛樂到。但我必須承認：最，最，我最喜歡《星際大戰》的鬥劍場景，多像童年的夢想，下課後就在防空壕上跳來跳去的動作，在孩子的想像中，我手上也有收放自如的一柄光劍。

何況我們中間還有歷史情感，當時，開一個鐘頭的車，從大學所在地的愛荷華城開到大城Des Moines趕首映，為的就是在大戲院享受《星際大戰》所帶來的聲光效應。數十年光景，這世界變得更聲光了，說不定，一路走來，《星際大戰》在幫我適應這個未來世界。

對啊，數十年光景，當年盧卡斯新創的，讓真人與動畫一起出現，那種天衣無縫的銀幕技巧，如今成為電影的常見鏡頭（包括最近的《罪惡城》（*Sin City*），稍早之前的

《追殺比爾》（*Kill Bill*）都有這樣的特質〕，但無論怎麼推陳出新，還是《星際大戰》系列讓人回味無窮：故事裡裝著故事，像個層疊開啟的八寶盒。

在很久很久以前，遙遠的銀河系，……喬治・盧卡斯說的是百聽不厭的故事。

外星人來了

新片《世界大戰》（*War of Worlds*）中頻繁出現外星人。這些年來，好萊塢電影裡，外星人的造型漸漸成了刻板印象：他們都長著醜怪的頭顱，八爪魚般的細長觸鬚。而「世界大戰」中，外星人與地球人的接觸也一如預期，銀幕上又有地球人被外星人抓去，手腳亂舞的驚悚鏡頭。

每當這個時候，我就在心裡嘆息，想像力這麼薄弱？至少，與我的心意完全相反。

至於我，我已經打定主意。儘管前程未卜，不知道過程如何（按照電影的說法：被捉，即使有幸被放回來，也會變成血被吸得精光的一具殘軀），只要有機會，我決定束手就擒。所以，揀選我吧。我會充分配合，只要是對我們人類持續發生興趣的外星人。而相較之下，留在世界上又怎麼樣？這世界的尋常事物令人生厭。更何況外星人科技先進，在時光機器的幫助下，說不定，還可以在宇宙的另一點與永別的親人相會。

對著皓月、對著星空、對著奇幻的天色，任何太空船可能落地的地點，來吧，來吧，我臉上漾著幸福的微笑，隨時可以被徵召。隨時隨地，都準備好了欣然上路。

自願的選民在這裡！所以，就是我，我張開雙手，痴等著外星人，幫助我完成這祕密心願。

*

外星人來了。

從科幻大師 **H. G. Wells** 一八九八年的同名小說，到一九三八年奧森威爾斯（**Orson welles**）引起聽眾驚惶的廣播劇，到這部大製作大卡司的電影《世界大戰》，因為聲光效果，外星人登陸的場面愈來愈驚悚；對外星人企圖心的描述，愈來愈不合情理，而其中的敵意也在無限擴大：片子裡汲取人血灌溉的鏡頭，以及血滴子一樣殺人於無形的科技武器，外星人與地球人之間，簡直成了血海深仇。湯姆克魯斯不時地義憤填膺，配上驚雷、烈火、暴雨，他嘶吼著：「不是戰爭，這是種族滅絕！」（**This is not war, this is extermination.**）感官撞擊中，觀眾的反應是：外星人唯一的目標就是趕盡殺絕。

問題在於，對人類這麼有興趣的外星人，太空跋涉，終於找到我們，企圖一定不是、不只是「種族滅絕」。就好像外星人明明具有掀起自然災變的能力，在《世界大戰》電影中，為什麼還需要不辭勞苦的個別追殺（當然為了方便電影鏡頭），也呈現明顯的矛盾之處。

好萊塢戒懼外人。或者由好萊塢這面鏡子，正反映美國文化的自閉性。在電影中，湯姆克魯斯的小女兒瑞秋（迪高達芬寧飾演）不住地發出尖叫，小女孩的「幽閉恐懼」

（claustrophobia），莫非象徵著美國因常起戰端而深恐被外界隔絕的意識？果然，唯一的出路是武力對抗：在電影中，湯姆克魯斯的兒子羅比，危急的時刻決志從軍，隱隱然是有志青年的典範。戰車、高射砲、暗夜行軍的士兵，在外星人誤染細菌自取滅亡之前，不論是不是螳臂擋車，奔赴上陣的美軍與噴出死光的外星機器似乎英勇拉鋸了數日。

＊

比起《E.T.》表現出溝通的善意（啊，那美感的纖細手指所牽繫成的無垠想像，總讓我想起西斯汀教堂屋頂米開朗基羅的濕壁畫：《創造亞當》），二十多年後，《世界大戰》對製作人史蒂芬史匹柏其實是一種倒退。當善意愈來愈微薄、敵意愈來愈高漲，從一九八二年的《E.T.》到二〇〇五年的《世界大戰》，電影創作者的倒退，也顯示目前整個世界都在保守的光景之中。

報紙消失的時代

我的習慣吧，總在擬想未來的時代裡，即將消失的事物有哪些？

我喜歡預作剪接，把以下這件事當作手工來做：有時我好像拼貼碎布一樣，預想著……將來到了死亡前的彌留時刻，網膜上一格一格，幻燈片一樣綿延鋪排的畫面會是些什麼？

基於這同樣的習慣，即使正在分分秒秒一路往前，已經假設著到了未來一天，自己是透過後視鏡在追懷現在。其實，自從來到香港的第一日就在預想，好似穿過回溯的眼睛，重看這已經成了惘然的世界——啊多年後，自己離開香港之後將眷戀什麼：此地的FCC（**Foreign Corresponds Club** 外國記者俱樂部）必然是我想念的地方之一。

本身它就是豐富的古蹟，對我，這個場地更存留著可注記的時刻：包括我初到香港的第一場英文演說，包括之後與媒體界在這裡的聚晤，也包括進門的右手甬道，我總喜歡痴痴張望的，牆上骨董報紙所標出的特殊時日。

最早一張是一九一二年四月十六日《聖路易郵報》（*St Louis Post*），頭版標題「鐵達尼號」沉沒：那天的新聞圖片是輪船、冰山，更大篇幅報導旅客中聖路易市民的遇救狀況。住在林得街（Lindell Street）416號的艾倫．依莉沙白就是存活者，將近一百年了，相片上她的淑女形影依然清晰可辨。牆上另一張是一九四一年十二月六日的頭版。斗大的黑字印著「**Japs Attack US**」，報紙用「**Japs**」代表日本，字句中又是蔑視又是激憤，顯見偷襲珍珠港當日的驚惶氣氛。另一張則標示第二次世界大戰終結：那是一九四五年五月八日出版的《前鋒論壇報》，頭題：**Today is V-E Day, Truman, Churchill, Stalin to Proclaim War's End**。

進入咖啡餐室內，牆壁的鏡框裡也框著報紙，只是時間比較近，多是發生在十年內的大事：其中一幅是一九九七年香港移交的頭版，另一幅正中是911紐約雙塔正在傾頹的照片。

*

報紙油墨的特殊質感，立即讓人如臨現場；然而紙張漫漶的顏色、破損的邊角，卻又令人恍悟到，啊，那屬於時光隧道那一端的事了。

未來看今天，就如今天看過去。其實這一年間，FCC裡常遇到的幾位媒體朋友都找新工作。他們任職的英文報紙毫無預警便裁員，或者突然就關燈打烊。

與媒體朋友在一起，不知不覺就聊起資深記者的遠景，怎麼遲鈍的人都感覺到了啊：報紙這傳統媒體正加速衰微。現在是網路時代：網路上嘈雜多上，什麼議題都眾聲喧譁，要不就部落格裡自說自話，要不就群情亢奮吵成一團。哪裡還需要記者做深度報導？還需要媒體老鳥們的經驗分析？

就這樣，遠景成了近景，「報紙」將真的——成了歷史。

於是，在記者俱樂部裡為朋友送行，參加媒體人士的離職餐敍時，我總會在門口停下腳步，站在那幾幅骨董報紙前，益發地——不忍離去。

PDA與筆記本

我聽著自己對朋友說，「你需要去買一個PDA」，在電話裡，我熱心地建議。

為什麼是PDA？

心事，隨時可以記下來。但，為什麼不是筆記本？

「PDA方便靈巧，小小一片……」自己在說服朋友，「還附有行事曆功能、通訊錄功能，小算盤功能、照相簿功能……」日曆、桌曆、月曆，旅行時候的筆記本，全都可以共用。其實，我心裡同時在嘆氣，一起消失的東西可不少，包括繫緞帶的日記本，附精巧鎖鑰的筆記本，也包括本子裡字跡旁邊的蛋糕屑、咖啡漬，還有，邊寫邊掉眼淚的點點淚痕。用了PDA，凡事寫進檔案，偏偏記事時的狀況卻了無痕跡。

總之，這世界已經無處存留……我們處處留情的人生。這邊廂，我聽著自己很果斷地說，「你去買，不會後悔，好用。最好的是PDA不怕遺失，丟掉也沒有關係。隨時**back up**，記得在電腦上做一個『備份』就得了。」我在大力游說。

說著心裡卻空洞洞的：有這麼繁複的人生需要「備份」？我當然知道，用著用著就會成了習慣，隨時把PDA連結個人電腦，資料直接輸進去，（「輸進去」？我在用前現代的語言，聽起來好像輸水輸油，還外接一條輸送用的管子），對，輸進去微軟公司的視窗，進入 **Bill Gates** 所統籌的數位世界。

＊

這時日，電腦早已經統籌一切，打出來總是方方正正的電腦字體，在我的個人電腦上就顯示著「新細明體」。其實，我多麼厭棄這幾個毫無感情的字——「新細明體」：聽起來已經功能掛帥，毫無浪漫的可能。遙想在紙上寫字的時代。那時候，送人一枝鋼筆，或者一本日記本，禮物的心意綿長，其中藏有無限的繫念。現在，若變成……送人一個PDA，馬上無趣起來，像是申請信用卡的附贈品。

這樣的例子不勝枚舉：譬如數位的CD總有點失真，聽不出唱針顫動在黑膠唱片上的舊情綿綿。又好像私人的信，在電腦上經過傳送／接收的發送過程，簡直變成了「公函」，而更可怕的是，信上傾訴的衷情，只要一指之遙，點一點「轉寄」功能，瞬間就變成「轉寄」給另一個人的另一封信。

用筆寫信，比起在電腦上打信，情意與之誰短長？

可憐的人類，不一定是情意的產物，倒一定都是習慣的產物。用電腦成了習慣，許多人若不對著亮晃晃的螢光幕就寫不出來，應該說，打不出來。對著一頁空白信紙，此時此刻，說不定，人們早已經枯竭到寫不出信。

這個時刻，我覺得自己愈來愈功能化到……像一片記憶體。我們豐富的一生，壓縮起來，其實，薄薄一片的記憶體確實已經夠用（我又在使用前現代的語言，如今有了奈米科技，所有人類的綜合記憶，鉅細靡遺，都可以裝進一根最瑣細的頭髮）。我猜，在奈米科技的前景裡，人生，每個人的人生，也因此……變成了薄薄一片。

垃圾達人

清晨第一件事，咖啡杯放在旁邊，手指答答地敲著滑鼠，一陣連續動作，刪除刪除刪除——

「你是我們要尋找的對象嗎？」——睡眼惺忪地，我心神一振。

「最近，真的太胖了」——喔喔，講到我的心坎裡。昨天晚上又放肆大吃，一覺醒來繼續在腫脹的狀態。

胖是一個持續的主題，「減重的煩惱」、「終極享瘦，遠離復胖」、「停不了的肥胖問題」，都是廣告信的「主旨」。

＊

「我們需要你的加入！」——真的嗎？

「為什麼問題一直不能解決？」，說得對，我一直也有同樣的疑惑。

「你想擁有怎麼樣的生活？」，一語點醒夢中人，讓我好好地想一想，這可是人生的大哉問。

上述都是直銷事業的徵人廣告，比好朋友還設想周到。每天噓寒問暖，在各種偷窺的、情色的、走光的、援交的、自拍的、夾帶的……讓人尷尬的「主旨」之間，倒也偶有佳作。

刪除的動作也會暫緩下來。

像這封信的主旨是「Apartheid」，用南非的種族隔離政策為名！當時，我一陣驚喜，以為國際人權組織找到了我，針對我發出徵召令，召喚失聯的同志趕緊歸隊。手指一動打開來，原來在推銷去冷感的「威而鋼」。

＊

為了騙人上鉤，電子信的「主旨」與內容可以毫不相關。

有的嚇你。這一封，「主旨」是：「退信，你寄信的人根本不存在」。讓人以為自己寄錯了信。有的更危言聳聽：「Your account is past due」，就是要人心一驚急忙打開。

又像這封信的主旨：「為了陪媽媽度餘生」，啊啊，這不正是我的現狀？敲敲滑鼠，冒著中病毒的危險打開信，才知道又是廣告。先得要寄錢過去，訂購一本自行創業手冊。聽起來，像是詐騙集團的釣餌。

＊

刪到手都酸，丟進垃圾箱還沒完。偏要多一層手續。直到你再給指令，再次清空那個裝著垃圾的郵件匣，刪除的信才從生命中完全消失。

不勝其煩就自我檢討，我究竟做了什麼？莫非自己有什麼特殊的癖好？或是特殊的上網模式？……被網路伺服器的 cookies 偵測到，才把這些廣告信日日送上門。還好有電腦達人幫我排憂解惑，他解釋給我聽（為適合我的程度，用的譬喻也很淺顯），他說，不是你的問題，這是伺服器（伺服器是什麼？）的問題，它把你的信箱設在大街上（憑什麼把我的信箱隨便放？），還向外張著口，任何人經過，都可以將一堆爛信丟進去。

＊

然後我從善如流，換了號稱有防堵功能的收信系統，果然鉅細靡遺，幫我過濾得很乾淨。

開信箱的時候總在懷疑，會不會在自動處理時，清除的不只垃圾信，連重要的信也一起刪除掉！另一方面，無菌室一樣的環境裡，手指答答地敲著桌子，我難道在悵然若失？

網路世界的甲蟲危機

起先，我只是覺得有異狀。

一早起來，打開電腦，就是推銷信。煩不煩？有的真大膽，在 **E-mail** 的「主旨」裡稱呼我的名字，一邊試圖賣藥給我，好像我是個藥蟲。除了誘惑我，也膽敢試煉我，我急著發出郵件，偏偏跳回來一個畫面，雞爪似的刮痕，放在一個長形條框裡，要我辨識，在刮痕中間勉強找出歪歪倒倒的八個字元，還需要重新輸入一遍。難道他們試圖「刪除」我？看我是不是一隻小甲蟲，是不是小甲蟲正壓著鍵盤寄送垃圾郵件？

看清楚，一個字元接著一個字元由鍵盤輸入，我其實懷著恐懼，正在接受試煉呢。我怕自己認錯字，便也被「他們」錯認，被誤認為是隻蟲，從此不讓我從這個信箱發信。

「他們」是誰？老大哥的世界！

msn 的、不 **msn** 的，掛 **ipod** 的、不 **ipod** 的，用 **ebay** 作交易的、不 **ebay** 的……在

我眼前，有的、沒有的，截然二分。有，還不夠，還必須通過層層進階試煉，讓人很快就知難而退。

＊

未來世界，一個充滿歧視的地方：適者生存，「他們」公然歧視不合適生存的人。頑抗的人早已潰不成軍；抱怨的人也都覺得自討沒趣。譬如說你想要出聲抱怨，按下「1」字，又按下「2」字，……周轉了許多圈之後，終於你可以開口，進入的是公司接收的標準程序：

「……請 Email 到我們的信箱，我們用 Email 對外連絡。」（電腦在發聲）

「也可以上網看我們的活動訊息。我們的網址是：www.……」（電腦在發聲）

「謝謝來電，再見。」

抱怨都找不到門路，硬是把某些人隔絕在外面。

活該你不用電腦，就是不存在的人，即使不服氣，想要集結抗議，也不可能。因為，現在是網路社群，網路才是發聲的地方。

＊

這套系統有效管理，我懷疑：「他們」已經設定了剔除的順位。

不適合未來世界的人，摸摸鼻子自行退場了事。否則困坐愁城，不會 download 技術，就拿不到申請表格，買不到電影票、飛機票，在自己的銀行裡，都嘗到理財無門的滋味。

這歧視的情況愈演愈烈，已經變成了種族滅絕，正是現代版的《楢山節考》：正好像導演今村昌平描述的淒慘光景，把這些趕不上時代的人隔離出去，放逐到曠野中，等著……一個一個跌倒，爬不起來，永遠消失在地平線上。

第4節　天琴座的故事

傷心時節

跪著，所以是仰角。淚水中，望著鑲金的棺木緩緩推進去火爐，火舌深紅而燦亮，那一瞬，簡直是壯烈的畫面。

然後，我撿起第一塊骨，火化後，呈現絕美的顏色，潔白如玉，無瑕勝雪。生命果然是淨化的過程。一片片骨落下，粉屑也輕輕撥入。頭蓋骨是最後一片，完整如卵，覆在罈口。然後，罈子封起來了。

牌位換成了骨灰罈，我懷捧父親坐車，一路小心叮囑，招呼他看山看水，過小橋穿隧道，他像是我手上抱著的孩子，其實他一直是個小孩，當我逐漸成人，手臂有了力氣：這些年，他是我的孩子，我最寵愛的孩子。

哄他溺他，關鍵的時候，總是伸出手臂翼護他，直到這一次，我的失責，沒有把他從死神手裡搶回來。這些日子，各種顛倒夢想，想不通的時候，覺得自己像傷心的母獅子，什麼壞東西，趁我不備，只是闔眼睛打了一個小盹，把我最愛的那隻小獅子從我身邊拖走了。

硬生生拖走了！

父親最後的時刻，我沒有趕到，我竟然沒有趕到，沒有在床邊，沒有把父親揣在懷裡，因此也沒有人跟他說，在他最後才熄燈的聽覺裡不斷跟他說，不要怕，都會沒事，有我在這裡，只是脫掉這件老舊的身體……。

＊

最傷心的時刻，卻是整理家常的光景。

收齊他的東西，丟掉蟲蛀的書，找出每一樣他的珍藏。他的皮夾、他的鋼筆、他的掛錶，在我買給他的暗紅夾克裡面，一針一線，他用心縫起來的棉布口袋。相片上父親每一個表情，在我眼裡都像昨天。他吃蛋糕、他戴太陽眼鏡，許多相片是帶他去旅行。出去旅行，總是我幫他收箱子：外出的居家的保暖的，一疊疊搬來搬去。闔起箱子之前總要放進去，我送給他的新領帶，然後看他手顫顫地，出去吃飯之前慎重地打上一條。

決定領帶、決定餐廳、決定補品、決定醫生、決定……，在他身邊，堅毅而負責任，我始終是拿主意的女兒，但這一次，這類的決定我怎麼拿手？幾天之內，我必須做出太多的選擇：包括，依哪一種宗教，做哪一種法事，是塵歸塵，還是土歸土？接著選場地、選時間、選壽材、選火葬場、選骨灰罈、選暫厝骨灰的地點，多數是瑣碎而機械的選擇，不能夠不做的選擇，如果可以不做的選擇。包括挑最有代表性的相片、揀放在他身邊的物件，還有——難上加難地，我得要挑一套衣服讓他穿著上路。

臨行密密縫，意恐……，又一次地替他收箱子，棉毛褲、毛背心、貼身小褂，衣服似乎都留著他的體溫，每一件握在手裡，摩挲又摩挲，卻捨不得放下。而我，那時刻，竟然，竟然手不停地繼續收拾。一疊疊搬來搬去，我在準備最後的衣服讓他穿身上。

這趟遠行，終於沒人陪他。會不會受驚受怕？他孤單一個人怎麼上路？

＊

一切如昨，尤其在母親面前，也只能夠假裝一切如常。於是，帶母親走過街，去他倆持續去的美容院洗頭髮。

剪髮師傅與洗頭小妹們圍過來，殷切地問：老先生呢？今天奶奶你一個人？

母親半天不說話。一隻手，手心朝上，大拇指往前又往後，跟幾個手指搓一搓，東西不見的動作。

人們愣住。拿著罩衫圍過來的靜下來，不敢出聲。

母親撇撇嘴，嘴角往下拉，困難地說：「人沒有了。」

空氣僵住。撣地上髮屑的小妹停下掃帚。

六十幾年的夫妻，沒了，就這樣，搓搓手，人沒了。

什麼人還能夠接腔？

接著，洗頭，接著，還要吹乾，還要梳好頭髮過往後的日子。日子還要過下去。只是人沒有了。

母親用她的家鄉話講：「少了那口子人。」事情已經不一樣了，日子該怎麼繼續下去？

*

這一刻供桌上，粉紅的底，黑字：「音容宛在」。

「在」？還是「不在」？「有」？還是「沒有」？……這不理解的地方正是，叫他，抱住彷彿留有他體溫的衣服，怎麼會不出聲？怎麼可能不搭理我們？

原來，身體才是憑依啊：一呼一吸間恆常的體溫，還是最踏實的安慰。褪下那些，撇下我們，他到哪裡去了？

我與母親，同樣的問題，卻是無聲地坐著，等那悲傷……不能夠對望，甚至難以互相安慰的悲傷，……潮水一樣，靜定地，深沉地，一波一波襲上來。

天琴座的故事

那時刻，封棺之前，直到最後一分鐘，我的手留在裡面，摸著父親的臉。覺得我正在保護他，不讓前來致哀的人驚嚇到他，不讓他們大意地……把眼淚滴到白緞子上。尤其，我不要靠過來道別的人覺得他僵了，冷了，或者怕到了，……我可不准他們驚嚇到父親，讓父親覺得被遺棄在另一個世界。

怕阻斷了他與人世之間的聯繫，也怕隔絕了他回來的路。

其實是很驚人的景象吧，我一隻手，放在父親臉上，別人走過來，看見的是不尋常的畫面。

*

害怕的正是——阻斷。

這段時間，偶爾糊塗起來，其實也說不出是不是「偶爾」，這陣子是清楚一陣糊塗一陣，清楚的時候我知道，他走了，已經走了，而我很清楚地知覺到，我牽著父親的手，正在過那條冥河。想想卻又糊塗了，不，大概是我，是我自己在渡過那條冥河。想得很真切呢，像拿著豎琴的奧菲斯（Orpheus）一樣，我想要到另一個世界去找他。

而這段艱難的時間，從早到晚，只有音樂，能夠帶來最直接的安慰，甚至填補起幽冥的縫隙：奧菲斯的琴聲在希臘神話中能夠穿越生死：包括讓冥河的艄公為他擺渡，讓守衛冥土的惡犬鬆懈了警衛，讓亡魂判官進入眠夢狀態，讓伊克西翁（Ixion）的旋轉火輪停止了轉動，讓不停歇推石頭上山的薛西弗斯坐下來休息，……終於，這偉大的樂手有機會來到冥王 Hades 與冥后 Persephone 跟前，提出想把所愛的人尤莉廸絲（Euridice）帶回人世。

冥王答應了他的請求，只有一個條件，不要回頭，走出冥界之前不要回頭。而一路上悄無聲息，奧菲斯擔心尤莉廸絲沒有跟上來，奧菲斯回頭望了一眼。剎時間，尤莉廸絲永遠消逝無蹤。

以前，我喜歡這悽惻的故事，現在，則是現實的借鏡：我提醒自己，只要有這樣的機會，我專心帶路，一定一定不要回頭張望。

*

音樂會裡，我玄想著幽冥的河流。

這段期間，能夠讓我有走出家門的動力，就是音樂會。在香港「外國記者俱樂部」的樓上小廳、在尖沙咀的文化中心，莫札特、德弗札克、Bela Bartok，甚至近人的作品，包括 Arvo Part 雙小提琴為主旋律的作品〈空白石板〉……，我閉起眼睛任感情起伏。

住的公寓裡，填滿空白的也是音樂。琴聲之中，我在心裡呼喚，爸爸、爸爸，一遍一遍，好像他就在身邊，溫柔的旋律裡，彷佛冥王也睡熟了，冥河的艄公正把他引渡回來，而我趕緊提醒自己，記好記好，父親正跟在後面，不要急著回頭。

跟我來，轉瞬就跨到這一岸了。

想著，突然驚覺（這一陣的情緒就是這樣反反覆覆），原來，我已經是劇情急轉直下之後的奧菲斯。父親最後的時刻，我沒有趕到。或者那一刻，我原有拉住他的機會，本來是不是有機會喚回父親？

我當時在遲疑？在觀望？我一個失神，他永遠回不來了。

爾後的奧菲斯悲傷欲絕，除了音樂，他了無生趣。這時刻，心裡一個大大的空洞，還有什麼值得我依託心魂？

死亡永遠超越愛？

電影院裡，我其實是想要暫時忘記，忘記所有的事。兩個小時，漆黑的一片，只有走道放出微光，以及銀幕上閃閃的畫面。但我仍然持續想著死亡。這段時間，跟死亡相關的意念塞滿腦袋，坐在電影院裡也不能免。這電影改編自小說，偏偏那位小說作者也死了。作者叫作 **Sebastien Japrisot**，法國人，一九三一至二〇〇三。電影院上映的是 *A Very Long Engagement*，改編自他生前最後一部小說。

作者七十一歲辭世，他的作品長存，尤其這部成為絕響的長篇，靠著魔幻寫實的手法，最可以表現超越死亡的情愛。而這時刻，我多麼需要看一部魔幻寫實的電影，需要魔幻，也因為這現實太難忍受。

*

電影的背景是一九二〇年代之初，看電影的時候不住在想，第一次世界大戰，我的父親幾歲？

所以，父親也經過那樣的年代，……漆黑的電影院裡，我仍然無時無刻不在想他。隨著情節流轉，我腦海裡好似同時另有一部放映機：一些畫面自動在剪接拼湊，想的是年輕的他，英俊的他，在銀幕之前，父親有時近有時遠。在電影院的好處是：我可以任性地，任由淚水在黑暗中奔流。

像電影裡一樣，最觸動我心的，唯有奇蹟：並不是學電影導演 Jean-Pierre Jeunet 的靈感，雖然他鏡頭用得潤澤溫暖，這兩三個星期，我早已痴痴地這樣做：譬如，走在郊道小路上，一隻蝴蝶飛過來，如果多轉幾圈，在我鼻尖香一下，就是了，就是了，一定是父親給我的訊息：他沒有捨棄我。

我隨時等著接收訊息。譬如，站在門外，鑰匙在門洞裡卡住，大門轉不開來，就是了，就是了，我的父親在屋裡，他在留線索給我。

每個清晨打開窗戶，撲面的桂花香，一定也是傳消息的管道。他說不定在重新建立我們中間的聯繫。

不守靈、不廬墓，我坐在電影院裡，用我自己的方式紀念他。

*

除了掉眼淚，在電影院的兩個鏡頭，坦白說，我有許多慰藉的片刻。

死亡並不是隔絕（在電影裡，應該說，死訊並不是隔絕！），需要的只是信心、誠心，與希冀奇蹟的一顆心。我特別喜歡這部電影的女主角 Audey Tautou，從《艾蜜麗的異想世界》（香港翻譯成《天使愛美麗》）就惹人喜歡，清亮的眼睛，看人一眼，就真心到讓人不會忘記。

望著銀幕，我所感覺到的正是某種聯繫：女主角在戲裡患過小兒痲痺，我可以感覺到她走起路一跛一跛的那雙腿。此刻我的膝蓋恰好也在痛，自從那天不停地跪禮、不停地起身，膝蓋就時時在痛。膝蓋的傷痛，真像為父親入殮的日子做注記。

然後，我又入神地瞪著銀幕。漫長的等待之後，男主角沒有死，只是失去了記憶，他們總算等到相逢的結尾。

我想著的是下一瞬（哪一瞬呢？）見到父親（重新年輕了英俊了的父親啊），父親會不會不認識我了？於是，像電影的結尾一模一樣：看到我，父親關心地說，你的腿，那樣跛跛的，走起路來會不會痛？

哀思7×7

朋友問我父親過世的日子。

她掰開指頭算。接著跟我説，走了，一定已經走了。她師父告訴過她，四十九天之後，人一定已經離開這個凡塵。

「一定，一定嗎？」我回問。

她點頭，很篤定。

我愣住，她怎麼可以比我還要確定！我還在將信將疑，我還沒有確定，我還沒有確定的事，她，怎麼可以比我更確定？

明明在夜晚，我還延續以前的狀況，頻繁地夢到父親。有時候，醒來之前的分秒，父親還緊握著我的手，醒來時候，手上留著父親掌心的溫熱。

知道朋友是好意，我不死心地再問，「一定？」

她語氣平常地説，你難道不覺得，人已經走遠了。

想想看，確實是外界這繼續的轉動，讓我驚覺到父親不在了：幾十日來，季節在代換，天氣在變熱，走在街上，櫥窗換了綴滿花朵的新裝，女孩穿起裸露腳趾的涼鞋，沒有了父親的世界，一切又繼續下去。現在春末到了夏初，居然，走在街上的人們無動於衷，還是如常過他們的日子。

知道朋友是好意，知道她不會嫌煩，我喃喃再問，「你說的『離開』，就永遠『離開』了？」

問著益發慘然，一邊問著彷彿也在心裡漸漸接受：所以，父親走了，像朋友說的，跨到另一個世界去了。

＊

另一個世界？多渺茫的字句。

渺茫又廣漠，涵蓋著大片的未知。

好像夜晚在高速公路上自己開車，其實，我從來不想知道，黑暗的地方有什麼？只要車頭燈繼續照著，就有一線光亮，我總專心望著咫尺前的亮光。車燈照射處，有飛蛾、有蚊蟲、有塵絲、似乎還有模糊光影裡的海市蜃樓。有時候行經山區，霧降下來了，飄著細雨，能見度很差，但車頭燈照射的地方就是我的安全距離。其實我一點也不想知道，咫尺光亮之外，暗影的地方藏著什麼？

從前每次進家門，叫聲爸爸，我總站在那裡等他，等他抬起垂得低低的頭，等他漸漸醒轉來，終於確定是我，聽得出含著歡喜的：「妳回來了？」

門開了，屋內有昏黃的光，我喜歡那種站在門口的等待，等他漸漸醒轉，心裡再一次慶幸，我還在光亮裡面。

曾經，無論遠處多麼黑暗，只要盯著車頭的那束光，我就確定自己很安全：引擎繼續發動，車輪繼續往前，前面還有路，我可以順著光亮直開下去。

＊

這幾十天，我不確定任何事。

我總在猶疑的狀態：走丟了？走不回來？我很害怕，父親會不會像我一樣，掉進黑暗裡去了。

將信將疑之中，我羨慕女朋友語氣中發自內心的篤定，四十九天，據她師父說，一定走了，她似乎在告訴我確定的事。另一位修行的朋友也捎來信息，她說感覺得到，我父親已經在乘願再來的途中。

所以，世界在往前走，一切又重新開始了。只有我，還駐足在原地，留在黑暗裡，痴想著……像當時車燈亮著，眼前一圈照路的光多好。

碧落之下

朋友的藝廊開張，有人帶著我，把我送到了一位細瘦女子面前。帶領我的人指著面前的女子：「安娜會『連接』。」然後轉過頭對我說，「我們知道，你很想父親。」

那一分秒，我的心怦怦跳了起來。

＊

對著我，安娜要我注視她的眼睛。

不知道是不是太過緊張，那眼珠似乎是褐色的、透明的、水晶般的發光體，瞪著，一時電光石火，眼珠裡熊熊地燃燒起來。我感覺到巨大的，怎麼說呢？——衝擊？能量？……像是突然有機會握著電話，而父親就在話筒彼端！

安娜問我，想知道什麼。

太多想知道的事，一別煙塵兩渺茫，啊啊，我已經語不成聲。

「他，過得好不好？」我艱難地問。「我父親現在，在哪？」別時匆匆，他在哪裡？

「他還沒走。」安娜肯定地說。

果然沒走，就在我的旁邊，啊啊，說不定這一瞬，父親正在人群裡關心地望著我。

我興奮了一秒鐘，安娜又說：「你的父親，在等你母親，等到了，再一起走。」

我大驚，急嚷道：「會不會把我母親也很快帶走？」

「你父親暫時待著的地方，時間的算法已經跟人世不同，無論等多久，都不叫作久。」

「他陪，你母親有一段路就不害怕。」安娜又說。

*

「他會不會，想我？」終於，還是忍不住地問。

安娜轉動眼珠，每個問題似乎都需要重新「連接」一次。幾秒鐘後，安娜淡淡地說：「不，他不想你了。」

我愕住，立即覺得悲傷，怎麼可能，不想念我？

「他知道你過得很好。──他在等你母親，因為他知道你母親的性情。你母親會怕，那段路，你母親需要他在旁邊。」安娜告訴我，對我父親而言，這世界上，父女之間的親緣已了。

接著，安娜也要我放下。

怎麼能夠放下？——我仍然頻繁地想著父親，我不相信，父親跟我的緣分盡了；我才不相信，如果放不下，他只是放不下我母親一個。

我本來也是將信將疑。其實，我不肯定，甚至不肯定父親已經離開。當然，正是因為自己太想他，才不介意用任何方式，如果還能夠得到父親的音訊。

那麼……我還是繼續……將信將疑好了。

黑色衣服

兩個月全身烏黑。有時候黑配點白，有時候，黑裡面添加點藍，基本上，我都在穿陰鬱的顏色。

父親離開這個世界之後，打開衣櫃，自然而然，就撿起黑衣服。沉沉的顏色，適合這段時間的心境吧。卻也不需要買衣服，衣櫃裡，我本來就有源源不絕的黑。

但當時，為什麼添置這麼多黑色的衣服？因為懶嗎？黑色總是最容易搭配。或者，更深沉的心思，總覺得自己的父母比別人年邁，說不定潛意識時時在擔心，從來……都是為了葬禮做準備？

直到，這一天終於來了。

＊

打開衣櫃我想起：箱子裡準備黑衣服也為了實用，臨時出席葬禮也不用換衣服，這是一本小說中的文字。

小說叫作《意外的旅客》（*The Accidental Tourist*），作者是安・泰勒（Anne Tyler），

貼切地描寫男主人翁居喪後的心境。看看這一段：「啊，他可以過下去，大體上都過得不錯。但他的夜晚就糟了。倒不是說他不能夠入睡，而是……」（**Oh, he was managing fine, just fine. All things considered. But his nights were terrible. It wasn't that he had trouble getting to sleep in the first place.....**）

這段時光，我重新翻出寫到死亡的小說。父親走後，我總在不能成眠的夜晚……閱讀小說人物不能成眠的經驗。人生本來充滿像這樣的 **dilemma**（難啊難，**dilemma**，這英文字該怎麼翻譯？）。就像《意外的旅客》的主人翁是旅行書作家，他自己偏偏討厭旅行。他喜歡守著固定的環境，跟陌生人在一起讓他覺得不自在。

其實，這也是我的困境。尤其是現在，應酬的時刻讓我如坐針氈，歡慶的場合更分秒難挨。

這時候，我只想跟知心朋友說話。

話題也寧可繞回死亡。

*

一個人坐在燈下，我經常瞪著報紙上的訃文慢慢研究。我仔細讀每一則，以為最近的亡者都是父親同行的夥伴：我喜歡讀到基督徒的訃文。「蒙主寵召」、「安息主懷」，確定的字句，聽了就令人安心。

這個時刻，我喜歡這種斬釘截鐵：是的，「蒙主寵召」，多麼簡單的四個字。

刺目的反倒是雜色紛陳：配著火葬場大喇叭的響聲、靈骨塔前道士的鈴聲，框金帶銀的紙紮傢俬，桃紅粉綠的童男童女……就像喪葬習俗中亦道亦佛的說法只添加迷惘。我想著父親若在，怎麼肯還就這樣的傖俗？

＊

如果……能夠避開吵嚷，而有一個離群索居的廬墓，這瞬間，想起古禮中守孝三年，在悼亡的心情下，其實，那才是體貼的安排。

接下去，我勢必在衣服的顏色裡加一點黃、加一點綠。我勢必打起精神，時時在臉上帶點笑容，但好像路上隨時有坑洞，前一步好好走著，一個恍神，就栽進去了。

比較起來，倒寧可一黑到底，躲在沒有光的坑洞裡好些。

Proof，我們要證明什麼？

院線片《*Proof*》（英文原名是 *Proof*，臺譯《證明我愛你》，港譯《情來，算盡愛》），鏡頭就這樣觸動了我。

或者是電影裡父親的書房，或者是父親與女兒在書桌前默默地對坐，或者是飾演女兒的 **Gwyneth Paltrow** 演技太好，在演這戲之前 **Paltrow** 自己也剛剛喪父，她的傷痛，像是早些時我的傷痛。

故事從葬禮前一天開始說起，敘述著女兒在葬禮之前與之後的心境。從我糊糊的淚眼裡望出去，我發現，**Anthony Hopkins** 飾演的數學家，窩坐在椅子上，居然，與我父親的體型很相似。

*

Proof 電影改編自普力茲獎的舞臺劇，留存著直指人心的戲劇力量。我從銀幕上哪一瞬開始流眼淚？——是從……父親在身體很糟的情況下，仍然關心女兒：那一幕，父親訥訥地開口問女兒，怎麼一個人悶在家過生日。啊，我到底從哪一瞬開始流眼淚？

——從片中的父親告訴女兒他頭腦沒壞掉，女兒也繼續跟父親說，你還可以工作，證明它沒有壞掉，還可以挑戰最艱鉅的數學難題。

其實後幾年，我也一直在巴望，我父親會重新清明起來。那些年裡，父親看什麼都費力。到最後，他的書房索性也讓出來，公寓太小，書房，變成照顧他們菲勞的房間。

我推他的臥室，父親經常靠著床頭櫃，對準放大鏡在翻字典。似乎是，他在找新書上的資訊。父親心裡一直想著他的學問，有時候會說起幾個大規模的研究計畫。其實那些日子，父親連電視裡的新聞節目都聽不明白。

有時候，父親拿一些零碎的字給我看，問我那裡面寫的什麼。有時候，父親告訴我，他剛剛在其中發現了一些奇怪的意思——

那一次，父親指著報紙，寶貝一樣指給我看。那張報紙上有日本風的漫畫，幾個大眼睛的女孩子。他好奇地問：「這是什麼畫？」「怎麼畫的？」他大表驚奇，連聲讚嘆著：「畫，怎麼可能畫到這麼好？」

我瞪著那畫：大眼睛，尖下巴，睫毛上下外翻著一根一根，頭髮尖刺般一綹一綹飛揚。其實是很平常的漫畫技法。

「你看，狗的毛，畫得這樣真。」他驚異的神情，像小孩子。

當時，在我父親眼睛裡，他到底看見了什麼？

*

Paltrow飾演的女兒，與父親情性相近。她輟學在家照顧父親，只因為老數學家留在自己房子裡，還可以每天在書房翻翻弄弄，間中也可能奇蹟式地好轉。果然在電影裡，老數學家的腦力確實恢復了一段日子。

我父親他自己仍然在等吧，等待那個吉光片羽。等著偶爾有一瞬，奇蹟出現，他又可以開始工作。

只要提及他的學門，父親眼睛裡總透出亮光。

電影中的父女站在雪地裡，父親狂喜地，告訴女兒他自己的腦筋又開始在運作，我知道那個父親為什麼那樣亢奮。電影裡老數學家形容自己頭腦，用的英文字是machinery，聽起來，好像多試幾次，抽拉馬達，就可能抖抖地重新啟動。而我父親到了最後，到底是茫無所悉自己眼前的狀態，還是，他也隨時在等，不放棄地等下去，哪一天，火花閃現，腦袋這個機器又突然有些動靜？

真的，每當父親的學生們來看望他，他們坐在廳裡許久，還有笑聲傳來，就好像回到舊日時光，師生在討論學術。……他的學生們應該與我一樣，早已經有所覺察，而他們耐心地圍坐在那裡，只為證明，老師的頭腦一如往昔。

Proof，心證意證，我們究竟想要證明什麼？這人生又能夠證明什麼？

父親的書

坐在我香港公寓的沙發上，母親嘴裡叨唸：「你父親的那些書，怎麼辦？」手腳已經脆得像是玻璃娃娃的母親，我知道她心裡惦記父親的書。她拄著拐杖才能夠慢慢挪移，但還想著回去臺灣，回去，為的就是整理那些書。

怎麼整理？不要說母親沒辦法，父親生前，也已經不知道如何處理了。

*

母親記得清楚。她跟我說：「架上還有新書，託你從美國新買來的書。」我不知道怎麼跟母親說，怎麼說才說得清楚？父親有的，都是專業的書，這一兩年可能又出了更新的版本。簡單說，沒人要的啦。我只是沒法對母親說出口。

父親書房裡始終有幾個大書架，由地板向上，頂著天花板。其中有許多骨董舊書：包括五六十年前出版的書，一些泡了海水，跟著父親搭船到臺灣。書頁上面密密麻麻，留著父親自己親筆的注記。一本本水漬的、缺角的，皮面破損的書，潮濕加上蟲蛀，望在外人眼裡，一堆早該棄置的書。

＊

「先看看系裡，讓他們先挑。」母親說的是父親退休前教書的地方，而母親總以為，書是珍貴的寶貝，每間圖書館都搶著要。

母親講起父親的書，臉上是很深的感情，似乎比想念人還要想念。惟將舊物表深情：寧可父母親所珍惜的舊物是一只印章、一對玉鐲，都比舊書容易處理。偏偏父親只愛書。父親最後的年月，他已經看不懂字句之間的意思，但他經常在擦抹，小心撣去灰塵、用抹布擦乾淨那些書。書，對一個讀書人來說，代表的是生存的意義吧。

父親對書的疼惜，甚至超過了對人的疼惜。

＊

母親總在不住地叨唸，你父親的那些書，那些書啊。

現在，父親教書的系裡有一個小角落，紀念性地放著父親的物件，包括他當年教學用的卡片，但畢竟是一個小小的角落。難題在於，去哪裡找一處夠大的空間？存放父親幾個大書架的舊書。世界上，最難找的就是貯書的空間。想想我自己那些散居各地的書就知道了，有的寄放在別人家的地下室，有的還裝在箱子裡沒有開封，總之，再不可能讓它們在一處的書架上復歸原位。

他日葬儂知是誰？

這樣想著，我又像是在自憐了。

*

我沒法處理的事情，也只有敷衍。我說，找找看吧，媽，我再去找找看，看哪些地方最需要父親的書。

我沒法說出口，書，往往只對書的主人有意義。

我想說的是：這世上的成、住、壞、空，眼前，已經輪轉到了「空」的這一劫……

我只是沒法對著母親說出來。

母親的吃食

在飯桌上，母親總說菜好吃。

父親走後，母親到香港跟我住。她不挑，我要說的是只要是好吃的東西，她一概有胃口。比起父親，母親簡直隨和得可以。若是換成父親，飯桌上就一定要有父親點定的菜。否則，他會發脾氣。桌上有不合口味的，看著，父親臉寒寒地會摔筷子。譬如說，父親總堅持佐料要放蔥蒜。其實，千折百繞又回到起點，那是他從小在家鄉吃慣的味道。就好像當父親離家多年後返鄉，他指揮著我們，左拐右拐，在塵土的鎮上尋找早就消失的燒餅攤。

比起父親的挑剔，比起父親的愈老愈思鄉，母親無所謂的像在混日子。奧登（W. H. Auden）的英詩裡有：**He was my North, my South, my East and West.** 父親走後，母親沒了東南西北，父親帶走了她全部的世界。不只失偶，她在一瞬間失怙、失鄉又失語。她曾經以為的天長地久變成了天崩地裂，也像奧登詩裡的：**I thought that love would last forever: I was wrong.** 或者活下來才是錯了？

老年喪偶，很難開始新的生活。

＊

自從母親跟我住，我盡量每晚回家，陪她吃晚飯。

坐在她對面，眼光盯住她，就可以知道她特別中意吃什麼。每個週末，我自己上這裡的傳統街市，雙手提著新鮮海參、活跳蝦、牛筋牛腱、血水直噴的魚頭。買我以為她喜歡吃的，也買聽說滋補的食材。

我千方百計，不能夠讓她瘦下去。

坐在她對面，望著母親吃飯，一時也有失神的時刻。有時也記了起來，當年，打從我小時候，我家飯桌上一向只擺著父親愛吃的菜。菜裡不許放肉，在孩子眼裡，桌上都是一些沒滋味的。現在這桌上有葷有素，每道菜都是特地為了母親。母親小口小口地吃，時時露出滿意的表情。坐在她對面，感覺她仍然需要被人嬌寵。清瘦的老太太，她嬌嗲嗲地，還像個要男人疼的小女孩。

可惜我不能夠給她缺少的那種愛。多數時候，卻愈是無能為力，我就愈要努力表現。坐在她對面，兩個人在一起，我像件不起眼的家具——我是誰？我在哪裡？母親並不真的在意。到今天，剩下母女倆四目相對，我也依然感覺到她眼光裡的空泛。

空蕩蕩的啊，其實，我一直知道，這件事根本沒有希望。

唯一重拾起來的，似乎是吃食的興趣，母親顯出好胃口的，包括多年前她在自己家鄉吃慣，後來再沒吃過的；尤其湖蟹、河鰻，那幾樣她家鄉產的但父親絕不讓搬上桌的食材。因此我又生出奢望，哪一天奇蹟一樣？母親會不會也重新開始記起來：在跟著父親之前，她原有屬於自己的東西。說不定她會發現，有，她有，她有自己的家鄉、她也有自發的感情……

*

我只是不肯服輸而已。

角力，用角力這個字眼還貼切些。想盡一切辦法，讓母親重新生出力氣活下去，竟然是我跟世界角力的方式。

因之我繼續扮演這個照顧者的角色，總之，就是要跟我母親習慣的被照顧的角色完全不一樣。這一點，我們母女殊途，很難和解。

私語・小畫

朋友幫我畫了一幅油畫。

跟著一張黑白照片畫出來的：當時我才兩歲。院子裡，父親抱著我在膝上唸書（兒童樂園？），旁邊有一張小小的籐椅，是孩子用的籐椅，我專用的座位吧，而記憶裡，是有那樣一張籐椅，用籐條千迴百繞，破了又補，補了又破，直到我大了坐不進去那張籐椅。

選這張相片請朋友作畫，因為其中說不出的神祕情愫：畫面上盛年的父親，抱著女兒，那是兩歲女孩眼中完整的世界。

其中有完全的信靠、完全的倚賴。

這陣子日裡夜裡，朝思夢想中最不捨的，……也是到後來愈來愈無力的，難以辨識晨昏、方向，到最後幾年，緊緊抓住我的手，隨我牽他、帶他，對我百分百信靠的父親。

孩子的我，以及到後來狀似孩子的父親，父女的恩情，呈現一個奇特的循環反轉。

中間的時光比較複雜，但人生的兩端：壯年的父親與稚齡的我，壯年的我與愈發孩子氣的父親，曾經享有過，沒有條件的愛。

*

無條件的愛，簡單地說，就是寵愛。

不只是女兒寵他，其實，父親的朋友、他的學生（也都成了朋友）才更寵他愛他，包括退休的二十年間帶給他多少歡樂與安慰，包括簡直溺他哄他，直到人生盡頭，仍為他創造出某種「虛擬真實」（Virtual reality）：讓父親每一天都自以為站在第一線，正在替「心理測驗」的領域添加貢獻。學生對他的至好，包括盡一切心力，趕著辦追思會（有時想想也會遺憾，這麼多甜蜜的話語，生前說給他聽多好？）以及紀念網站、紀念講座種種細密的安排。

屬於父親的特質吧，總讓周圍的人寵著他，在心裡找出最特殊的地位放置他。再回念一想，必然也因為他始終熱切地、孩子一樣、單純心意地對待所有的人。

他簡單地教書，捨此無他，專注於唯一的學術領域，但弔詭的剛好是這件事：正因為他沒名沒利，一生與權勢絕緣，名片上唯一的頭銜是他教書的專業，他與學生之間，完全沒有現實的牽連，其中的情感愈是真摯堅強。

重點正是其中的無條件性。

燈火通明的夜晚

父親走了半年有餘，而時間有療傷止痛的功能。好像從無盡的黑暗中浮出水面，漸漸手腳會動，漸漸能夠深呼吸，我開始平靜地追憶，並試圖理解一些當日發生的事。包括我們最後一次相見。

包括最後父親說的，有深意的話。

之前一兩年，父親的腦袋愈來愈奇怪，言談很難有持續的話題，內容沒有邏輯，上一句與下一句也失去鏈結……而我幾乎可以感覺父親腦袋的形狀：之前當然有過血管神經所謂的生命跡象，後來死了滅了，剩下一兩處閃著微光，只有幼時記憶依然完好：那是洋蔥內裡包藏的，依然柔軟的腦幹。覆蓋在外面的，大部分區域灰灰硬硬，都是細胞的殘骸。

直到我回臺灣過舊曆年，今年二月間，我們最後一次相見。

那一次，他坐在飯桌前，雙目炯炯，精神極佳地想講話。年夜飯，父親久久不動筷子，像是思索著下面要說的話。

飯後坐在廳裡，父親慎重地說，一句句想過很久才說出來的，他說的是他畢生專注的心理測驗：包括早年開荒一般的翻譯注釋、在幾間大學建立起專業領域，他說自己至今還想做事，仍有繼續修訂測驗的宏願。我聽著，以我這個女兒來看，關鍵地尤其是，他的上下文連貫出了意思，像是，怎麼說呢？像是經風吹倒的電線桿重新站直、電路突然搶通，腦袋裡燈光大亮，斷掉的全部都接了起來。

荒煙蔓草間，原本只有模糊的影子，這晚上突然燈火通明：燭臺、壁燈，水晶吊燈，那一瞬間，生命曾是，依稀還是一座巨邸！

＊

「我這一生，就是太不會表達自己。」那晚上他很有深意的說。

說這話的時候，他連眼珠子也透出亮光，像霎時間清澄的湖面。父親終於瞭悟，瞭悟了貫穿自己生平的真相？

當時聽著，我其實有些困惑。在我心裡，父親始終拙於言辭：大智若愚、大巧不工，人們都理解他默默耕耘的風範，他卻介意於有沒有充分表達自己？想想倒也明白，畢竟，父親是老一輩讀書人，終身浸淫儒家思想的知識分子，讀書就為了用世，對我父親而言，倒也簡單，即是在學術的領域建立事功。

那晚上他告訴我，難道在交代我？他要怎麼被記得，被人記得他一生做過的事。

＊

回過頭來說，為什麼父親知道？知道我們是最後一次相見！俗語說的「迴光返照」嗎？像年老的獅子在暮色裡走向荒塚，他一定預見了什麼，已經預知生命走向終結，想來，那是神祕的靈魂啟示。

當時我最多有一點困惑，但不覺有異，反而歡喜著父親的精神狀態有進步。總之，由於童騃性的樂觀，我錯過了更多預示性的訊息，以至於一個月之後噩耗突然來臨。接下去，至悲至慟，我只是照我所理解的他，辦那場樸素的後事。但後來，學生們口耳相傳，散居各地的集結起來，紀念恩師的網站立刻成形，追思集由學生們通力編纂，而其中每一篇若獨立成篇，都是文情並茂的墓誌銘。明明沒有訃聞、不發訃告，媒體記者卻循著他學生的關連，來到追思會現場，並大幅報導他「一代宗師」、「心理測驗之父」的懿行……。

如果那也是一種表達，終於，由後人表達了，由衷地表達了，他這一生最重要的、願意被紀念的學術志業。

回溯起來，那個燈火通明的夜晚，最後一次的見面是遺言。經過死亡儀式，像是神祕的生命完成。

數位新年

生平第一次，沒有父親的新年。

往年，父親的書房裡，他老人家總在我身邊：我研墨、拿著毛筆，一筆一畫寫春聯。小時候，他扶我的手寫，後來，他站在旁邊唸叨。這幾年，他倚在床上繼續指揮：怎麼把紅紙黏上筷子，筷子插入白饅頭正中心。香爐、紅燭、金紙，擺供的用品，一樣也不能夠少。

我們家，原本是為了父親過年，原本是圍著父親過年。想著就慌，沒有了父親，怎麼過年？——其實是愈接近過年愈覺得慌張，我真不知道今年該怎麼過。

＊

父親是年後一個月走的。

週年忌快到了，我至今停留在某種迷糊的狀態。或者應該說，迷糊著才是最容易的狀態。

有，還是沒有？在，還是不在？……心有所感的時刻，常常感覺到他，好像父親就在不遠的地方。

欲祭疑親在，我怎麼辦？

說不明白為什麼，不習慣？不忍心？不捨得？我就是不能夠……按著一般的禮俗，像對待逝去的人一樣對他。只知道他不是硬邦邦的牌位，又怎麼會是桌上多擺的一雙筷子？就好像當時抱著骨灰罈，壓在胸口的是塊玉石，沉重又冰冷，那不會，絕不會是我手腳溫暖的父親！

*

迷迷糊糊地打開電腦，打開存在電腦記憶體裡的相簿。

都是父親的相片，包括我自己用數位相機拍的：螢光幕上，瞳孔中間透出了光亮。一小圈圓圓的光點，他祥和的眼睛啊，傳遞了好多不必說就知道的心意。

試試用手，手指碰觸著螢光幕，這一秒，竟然，竟然感覺到從手指尖傳來的熱度。

按著滑鼠慢慢挪移：衣服的細褶、臉上的黑痣、凹低下去的喉嚨、筋脈突起的頸子，還有摸起來應該是，啊，像絲一樣柔順的銀髮。滑鼠點著，放大縮小：他習慣坐上去的椅子，門旁邊止滑的金屬扶手……

他穿一件棗紅色毛衣，滑鼠點著，我似乎在觸摸毛衣粗粗的針線，……眼前虛幻，又真實，再沒有更真實的事了。電腦前面，這一瞬，總算一切如昨。

＊

瞪著電腦母女倆詫笑，回過頭四目相對，當下也愈發迷糊起來：人家圍爐，我們圍著一臺電腦；今年，這也叫作過新年？

拉近又推遠，一張一張輪流，反反覆覆，讓它自動播放。照片暫停在螢幕上，每一張停留幾秒鐘，……這是去年，正是去年過年，父親臉上露出健康的紅潤，……他興致濃，提起還想要做的一些事。沙發後方，牆上高貼紅紙：春回大地，竟然是他最後一個新年。

痴守著螢幕，我與母親凝神在望。原來父親走了，家就散了，……原來，那時候是，最後的新年。原來父親忘記了，教過好多過年的規矩，就是沒教，怎麼過一個沒有他在的新年。

春色如昨

父親走了，轉眼一年。

不知道怎麼樣處理的事，都還擱著。這一年來，進展如此。其實是什麼都沒做。

＊

家裡，只是多了些灰塵。

打開衣櫃，父親習慣穿的衣服：毛衣、背心，睡衣、睡袍，抽屜裡捲成一個圓球的襪子，放得整整齊齊。準備他明早撿起來穿。

盥洗室裡，父親的洗臉毛巾（淺藍色的條紋）掛在老地方。泡假牙的牙缸、沾著髮油味的梳子，架子上擺得好好的。前一天晚上還沒有讀完的雜誌，疊在枕頭邊，扭開床頭燈就可以繼續翻頁。床左側的床頭櫃裡，玻璃門關著，這一陣沒有人動過。也就是這個櫃子，每次去看他，父親拉我坐在床旁邊，推開玻璃門，一樣一樣找給我看。找到要找的，他總是一副滿意的神情。確定那樣東西還在，拿出來手裡摸搓，再放回原處。

維他命、人參酒，陶瓷瓶的金門高粱、幾樣半骨董的小玩意，父親的貯物空間有簡單的分類系統，就好像他其實簡單的人生。

床正對梳妝臺鏡子，梳妝臺上掛著我送給他的腰帶包。俄羅斯來的，毛茸茸一個毛皮包。躺著就望得見，望著，我總以為他眼前會出現北方：包括冰封的冬天、包括他年輕的歲月。後來只要出遠門，大熱天，父親也把腰帶包斜背胸前。

只要他張開眼，不需要起床已經看見：腰包掛得好好的，掛在原來的位置。

拖鞋在床底下、皮鞋擺在門口鞋櫃裡，一雙一雙鞋子並排擺，都跟他生前一模樣。常用的手杖，與雨傘一起，掛在鞋櫃上方。等他拄著手杖戴上帽子，立刻可以出門去。

保持原樣，為了他容易找到。找不到就會急起來，他急我就更加急——急得不知道該怎麼好？

好像他還在那裡，窸窸窣窣在隔壁屋裡找東西。

整整一年，這樣過的。

＊

就好像當時，我一直遲疑。能拖就拖，拖著不肯在家裡設靈堂。

牆上若高掛一張放大的黑白照片，插幾柱香，恐怕……這事情就落實了。父親變成跟其他遺照裡的人一樣，隔了一層，變成另一個世界的逝者。

變成……喔，其他人可以，我的父親不可以！

那時候，原是像現在一樣的三月天：我從香港趕回臺北，連續幾天，像個木頭人一樣在辦事。那幾天，不吃不喝也不累，唯一能夠專心的，便是把家裡的相簿全部搬出來，將父親許多張相片，從年輕到年老，貼成整整一面快樂的牆。

望著牆上的相片，其實是更堅定地知道：都沒有變。

直到出殯那天，靈車前頭看得人心裡一沉，照片掛出來，連馬路上的人都望得見，似乎就斬釘截鐵了。

釘子敲下去——棺木，轉眼燒成了灰。

＊

一年了，難道我仍然在遲疑？

只需要一個逆反的過程，灰燼裡都可以重新生出火光。

保持原狀，想的還是挽回。

回不來？回不回得來？……像我這麼堅持的心性，說不定不等他回來，我們父女倆……就在別處聚首了。

第5節　相思病與食人獅

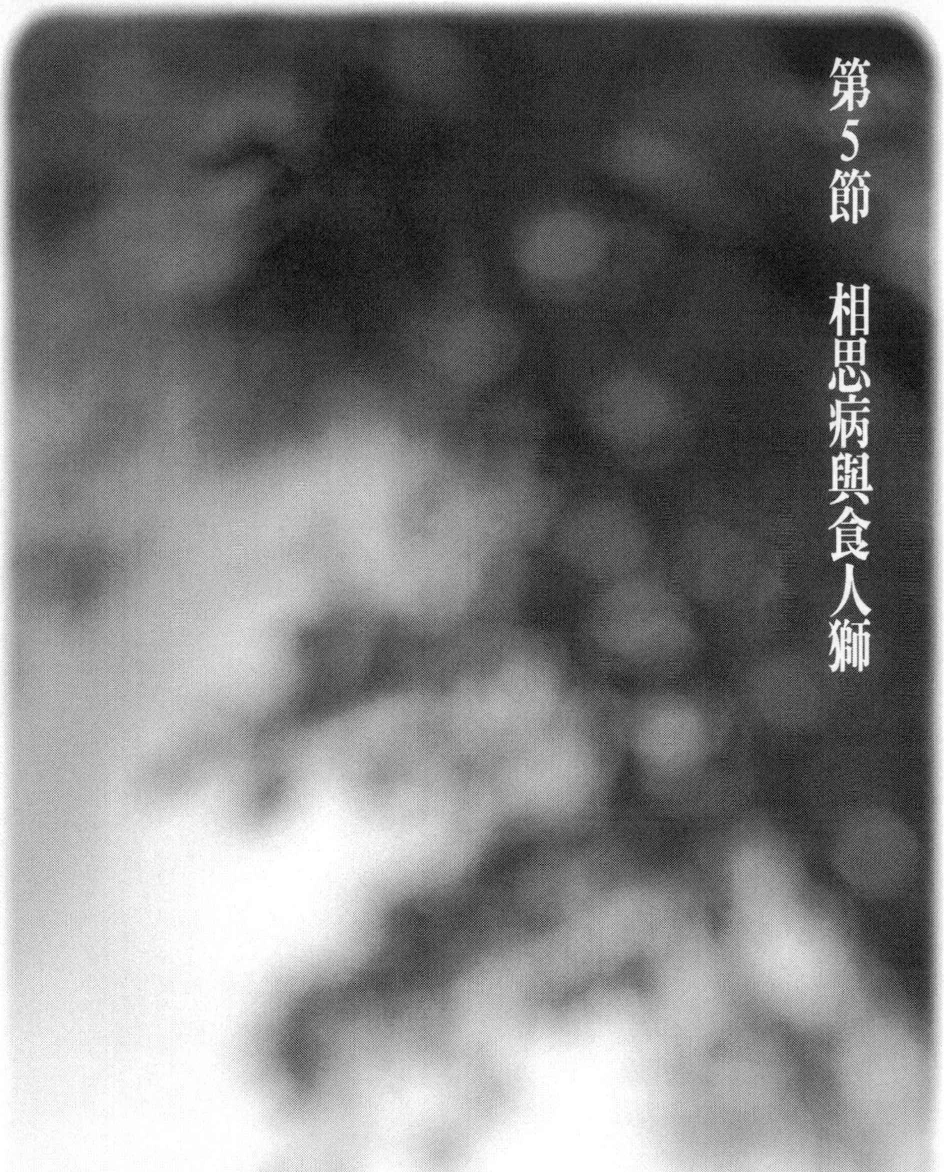

相思病與食人獅

「從我們一起重遊舊地歸來的那日起，我忽然開始罹患強烈的相思病，你已然回到身邊，卻才是思念的開始。你一定覺得奇怪……」

音韻感十足，立即可以譜曲。

〈陪你一起找羅馬〉結尾一段。

〈陪你一起找羅馬〉，廖玉蕙這篇堪稱經典的散文，我一遍遍讀，到底讀了多少遍？每次讀，都有欲淚的衝動。

猜猜看，作者是寫誰？

從開頭第一句，「那年，你十八歲，提起簡便的行李……」簡直有小說的懸宕感，一路寫到重回女兒寂寞時光顧的拉麵店，再寫到女兒逛百貨公司的孤單心境，以至於買來成打成打化妝品：眉筆、眼影、髮箍、小刷子等等，我這讀者早已淚光閃閃，既魔幻又寫實的場景裡：母女在燈下四目相視，大堆的眉筆、眼影、髮箍、小刷子正在床上發出異色閃光，用繪畫的語言說吧，它兩三筆竟然描摹出人生玄奇（懸歧？）而刻骨的感情，所以我也情深必墜，好像也陷在場景中，四壁閃爍著星星月亮，原來，自己正滿心憐惜地設身處地。

「我忽然開始罹患強烈的相思病，你已然回到身邊，卻才是思念的開始，……」多麼貼心揪心，玉蕙的這篇散文，其實也補足了父權傳統之下常被漠視的母女情深。

玉蕙也寫兒子，母子不若母女，與兒子相處，多了一份理性清明。

她寫女兒，我讀起來牽動心肝；她寫兒子，輕鬆多了，還會讓我這讀者哈哈笑。在書中，她寫兒子購物的心情，引用唐人小說的〈李徵〉，母親想像兒子開始還節制著，心裡掙扎著，「自覺心愈狠、力愈倍」之後，「沒多久就忍不住開始衝動地吃起人來了」，繼續刷卡繼續血拚：「而自從吃過第一個人後，接續下來便沒什麼心裡負擔，把吃人的事視若稀鬆平常」。

就用這唐人小說的典故，她形容(其實孝感天地，出差之便而好心幫媽咪買名牌包)兒子是隻「食人獅」，我笑得躺在地下打滾。

怎麼會有這麼詼諧的筆法？

還有那位老太太，讀者一定早就從玉蕙的文字中熟若家人。

曾經把女兒情史一把火燒成灰的母親，在玉蕙筆下總是生動而興味。她的文集裡，讀者卻窺見倔強、好強又逞強的老太太漸漸在繳械，包括廚房裡烹調的堅持也必須放棄，面對這種風燭窘狀，玉蕙形容失去巧手廚藝的母親：「她進退失據，在垂老之年，陡然跌落到陰暗的井底，四顧茫然」。

井底想來藤蔓鬱結，做女兒的玉蕙心惻難當，我們讀來亦覺哀然、悚然。

玉蕙寫身邊親人，看似以雋永寫深情，其實，卻又不止於此，正好像年輕的玉蕙就感悟到的，「文學的養成旨在開發情意，培養多元解讀人生的能力」。說白了，我總覺得玉蕙最擅於舉重若輕，她輕巧著墨，卻點出了人生世態（包括親情倫理）的複雜性。

因為複雜難解，所以有笑的必要、甚至於笑到忘形的必要……，即使遇上的是最荒唐的事體：無論是身上咯咯作響的頸椎、還是買到頂樓私設神壇的公寓，甚至撞到坦露私處的變態男，玉蕙都有辦法應付裕如（讀那段西門町麥當勞前與慈眉善目老男人的對話，保證拍案驚奇）。

她有問有答，兼之自嘲自謔，傻呼呼地問——這是什麼意思？

與玉蕙之間除了文字因緣，更因為在人世間的體己相知。

只要她說她自己，無論在高速公路迷途的無依、還是在公車上找不到按鈴的慌張，但凡別人認為不可思議的事，對我而言，累累前科、歷歷在目，啊，巧的是，竟都屬於發生在自己身上的糗事。

有時候眼神交疊，我們彼此意會，無言地慨嘆天地不仁，竟把這種「瑕疵品」拋出人間（好說是「謫仙」！），害我們在世上吃盡苦頭；有時候我縮在一角，望著她被簇擁在中央，與一干文友說故事，聽眾們嘴角輕咧、眼光如醉，一陣嘻哈過後，玉蕙總以百萬名嘴功力，拋出明快的結語，綜結所有的錯綜複雜。

那一刻笑中有淚，真覺得此生沒有虛度。

翻譯是艱難的極限

在香港有人問我，可不可以英文翻中文，翻譯一本詩集。我幾經考慮，終於婉拒。這時候，一位朋友——臺灣的尤克強教授寄來他新譯出的詩選集，讓我先睹為快。

譯詩，朋友完成的是不可能的任務。

面對文字，如果有各種難度，寫詩是極難，翻譯詩則是難上加難，艱難如行走水上：如果偶有所得，僥倖地像一種神蹟。

講到翻譯詩這件事，**Robert Frost**有篇文章〈**Robert Frost on POETRY**〉，這篇文章裡的一句話是：**Poetry is what gets lost in translation**。說得多麼睿智，這件事的弔詭性就在於它的不可能：翻譯之後，不見了的恰巧是詩的本質——名之為詩的詩意。詩對文字的要求，正是濃縮、精煉、澄澈、準確，以及最重要的音樂性，透過翻譯，不見了。

詩的好，有時候好在它的隱喻，而隱喻經常意在言外。**Robert Frost**在同一篇文章中也說到：**A poem should say one thing and mean something else**。

所以，怎麼翻譯？怎麼在兩種語言之間找到共通的雙關意涵？

＊

翻譯詩，朋友這樣做了，背後必然是極強的動力。

對啊，我這麼躊躇，而他一定具有比我更充沛的動力。在前一本他所翻譯的詩選集自序裡透露了一點點：他把詩歌稱之為「成人的童話」，是他自己逃向另一個世界的「阿拉丁神燈」。於是，他急不過地把擦摩神燈的奇妙經驗與人分享，像他自己說的，他一心要告訴讀者「為什麼我這麼喜歡欣賞英文詩歌」，於是，他在詩的譯文之前加上引介，普渡眾生之餘，引文中洋溢著他自己對英詩的熱烈情懷。

熱烈情懷？熱情？為什麼我不用「熱情」而用「熱烈情懷」？我心裡想說的是 **passion**，這是一個例子，「**Passion**」這字應該怎麼翻譯？中文與英文之間並不是一比一的對仗關係。

如果是翻譯小說，還可以用上下文來補足，但翻譯詩，字字鏗鏘有聲，怎麼辦？

＊

凡是有志譯詩的人，對我而言，都極其浪漫，必然基於某種知其不可而為之的純情，但這件事真難，且舉最短的，葉慈（W. B. Yeats）自己寫的墓誌銘為例：

Cast a cold eye,

On life, on death.
Horseman, pass by.

簡單兩三行，簡單的英文字彙，翻譯作——

投出冷眼，
看生，看死，
騎士，向前。
（這是故友吳潛誠教授的譯文）

冷眼，
跨越生死，
騎士，已行過。
（這是尤克強教授的譯文）

譯文已經竭盡所能、竭盡所能的精準，然而，對我這樣習慣，喔，以音聲見菩提的讀者，唸 Horseman 唸慣了，再唸「騎士」，心裡若有所失，似乎，Horseman 有西洋文學的諸多內涵，翻譯成「騎士」，已經失了一些什麼（什麼呢？），如何是好？

所以我考慮，再考慮，到後來，打消了念頭。翻譯詩，對我而言，難上加難，似乎是艱難……的極限。

改編是瘋魔的挑戰

在香港的「非常林奕華」劇團非常不香港，他們經常不管商業利益，只管做自己的戲。這一次，林奕華找到北藝大的同學擔綱，由香港與臺灣兩地合作，製作了一齣新戲：《包法利夫人們》，靈感來自福樓拜（Gustave Flaubert, 1821～1880）的名著。

還沒看過戲，單說這個改編，心裡已經在佩服林奕華的勇氣。這是不可能的挑戰，怎麼把無懈可擊的文字作品變換成戲劇的形式？給予另一輪的生命？

文生・閔尼利（Vincente Minnelli）與克勞代・夏布爾（Claude Chabrol）等名導演曾經把《包法利夫人》搬上銀幕，珍妮佛・瓊斯（Jennifer Jones）與伊莎貝爾・雨蓓（Isabelle Huppert）等演技派大明星飾演過女主人翁，比起原著，電影卻相形失色。難度特別高，亦因為它是一本已臻至完美的小說。

＊

福樓拜依著當年一則社會新聞撰寫《包法利夫人》。以新聞裡女人的悲劇生平為藍本，摻雜著對當時偽善、矯情社會狀況的反諷，福樓拜用外科醫師一樣的手法剖析人性。

再讀三讀，這本書還是讓我驚動。

表面上看，包法利夫人揮霍嬌慣，不耐煩粗糙的周遭環境，她總由著自己「在天邊的霧裡面，遠遠尋找有沒有什麼白帆。」然而，細細地讀下去，無論她的愛慕虛榮或者耽溺情慾，乃是為了追求那點光，從黯淡的現實裡期待……想像中可能出現的光澤。

直到人生已經一敗塗地，就要走不下去了，她還不放棄地妄想著：「真想像一隻鳥飛到什麼地方，回到遠遠的、明潔無垢的，回到可以重新開始的地方。」亦好像費茲傑羅小說《大亨小傳》裡，男主人翁蓋茲比眼中的綠色小燈：小燈在遠處閃爍，代表的是浪漫的理想，蓋茲比與包法利夫人一樣，用生命作為代價，執意要找不存在於這個世間的純情。

執意在找，其實是人心裡找不到的東西，接著還要面對（因為失望）而傾頹的自己，……而搞創作的人頗覺僥倖地是，幸好有創作上的追求，在乖拗之中總替自己帶來安定的力量。

就用這樣的角度看，《包法利夫人》書中，令人玩味的一段是：「她（女主人翁）有這麼一個想法，她認為一個女人應該永遠跟她的情人寫信。」福樓拜在隱喻什麼？……繼續寫……在戀愛的心境裡寫字／在（如同）戀愛的心境裡寫字……就是生活中最大的奇蹟？……創作之中，自有寄情的對象！

說出「包法利夫人就是我」的福樓拜，本身就沉迷於寫字。作品中每一個句子，都有他精雕細琢的安排。

而香港人林奕華，任性起來可以極度瘋魔的一位創作者（就是你、就是我，我們都是包法利夫人！）。他在戲臺上挑戰不可能的極限，終是為了救贖自己，害怕自己的傾頽（如果由著自己心性的話……）。

捨此無他吧。

醫生的至慟

幾度躊躇，其實手在發抖，不知道怎麼樣把這片光碟塞進機器。

雖然我一向喜歡看紀錄片，尤其這部紀錄片的影像是我所熟識：包括那人情味濃郁的美國小城、也包括留學生讀完書安居樂業的生活方式。對這件多年前發生在熟識人家的事，其實，我的致哀卡至今還沒有寄出。

太大的慟，文字是無能為力的。

＊

片名叫《醫生》(注)。一九九六年，愛荷華城（**Iowa City**）附近一小鎮，美國國慶日下午，溫醫生夫婦的兒子，十三歲的 **Felix** 在房門上留下一張難解的、頗似遺言的告示之後，在衣櫥裡結束自己的生命。那一瞬，溫醫生正陪同由臺灣來旅遊的親人看國慶煙火，等他趕到醫院，男孩平擺著，脖子上是溫醫生曾經看過一次的瘀痕。

看過一次，曾經有一天，溫醫生見到自己兒子的脖子有勒痕。當時，他緊張又生氣地質問兒子：「**Did you do that? Did you do that?**」

被父親神色嚇到的 Felix 答應父親絕不再犯。

紀錄片中，這位做父親的溫醫生也有機會用語言回溯他自己的童年：小時候在臺灣竹東度過，曾經趁家人不察拿過叔父口袋裡的錢，當時被大人發現，痛打了一頓。

以後，他果然永不再犯。

成人們按照自己的模式來訓育子女，而對的是完全不一樣的結果。

父親警告說絕不可以的事，Felix 卻又做了一次。

*

悲劇發生之後，周圍的大人一定反反覆覆地回想，這孩子的腦海裡怎麼想的？

若是別的父母，大概會自此迴避坦露傷痕，當事人溫醫生夫婦，卻願意勇敢地、誠摯地面對鏡頭，將自己相關的回憶都說出來。溫醫生打開了塵封的紙箱，捧出兒子的舊物，裡面有兒子喜歡讀的書、手繪的作品……拼貼上家庭影帶，呈現出 felix 對徽章、對捆綁、對切腹場面、對殉葬墓穴的著迷，回溯起來，這孩子對死亡，始終有一份不尋常的好奇。

十三歲男孩選擇死，本是可以誇張呈現的題材。這部紀錄片色調以黑白為主，John Cage 配樂中，導演淡淡運鏡，毫無煽情之處。

同時，片子裡拉出另一條線，平行呈現另一位十三歲男孩：來自祕魯的 Sebastain，為求醫來到美國，在二〇〇二年成為溫醫生的癌症病人。對比於一個男孩執著於死亡，另一個男孩在努力求生，襯托出溫醫生無比冷靜的醫者特質，也顯示片名《醫生》這行業的內在悖論（paradox）：救得了別人的孩子（雖然 Sebastain 後來死亡，但療程中顯示過好轉的跡象），卻束手無策於自己的孩子。

甚至在自己家裡，醫生父親亦難以覺察……兒子向死亡潛行的意志。

*

就因為孩子想要解惑，所以做了這個無可重來的實驗？還是，機敏的孩子不可能被尋常人世所理解，只能夠在死亡中得到解脫？

到底為什麼？生命到底要讓人們體悟什麼、了解什麼？溫醫生夫婦恐怕會上下求索，等到他們倆的年歲盡頭，才放下諸多懸念吧。

影像平淡無奇卻令人不自覺地驚懍，紀錄片短短九十二分鐘，觀眾跟死生無解之處……深刻地，打了一個照面。

（注）《醫生》由鍾孟宏導演，臺灣中映電影公司發行。

無趣的《無極》

生活方面，我有些保守的怪癖。

譬如説，我始終用圓圓一個鐘面的鬧鐘。每日用手撥的方式上鬧鐘，隔幾月就要換上新電池。直到這次申請信用卡，贈品是一臺數位化鬧鐘。

夜晚坐在妝臺，回頭，鬧鐘就在床頭。數位化面板閃著冷冷的光，望一眼，木木然沒什麼感覺。

似乎……再不能夠感覺到「時間」。

過去，長夜不寐的日子，望著短針在圓盤上往下墜落，立即一陣心驚。圓盤狀的鐘面，一格一格地挪移，逝者如斯，我具體地感覺到光陰在流走。

*

陳凱歌的《無極》裡，數位化的海棠、數位化的雪景，顏色明豔、特技奇炫，卻少了最重要的東西。

一個連一個特效鏡頭，沒有任何細膩的人性。觀眾不明白傾城（張柏芝飾演）要的是什麼？不明白無歡（謝霆鋒飾演）恨的是什麼？他們的糾葛，因為童年的那個饅頭？還是因為一句命運的詛咒？既然要碰觸「命運」這大而無當的命題，結果卻變成「時間倒流、春天飄雪、死人復生」一類的口白，簡單地如同開玩笑。

這部《無極》，比起陳凱歌早期的《黃土地》、《霸王別姬》，正好像張藝謀近年的《英雄》、《十面埋伏》，大不如之前的《活著》、《一個都不能少》，這兩位同門的大導，添加上數位新技術，卻掏空了真摯的感情。

數位化，甚至讓人忘記跟觀眾的聯繫？

我並不排斥數位化技術，只是抗議《無極》裡用起數位化技術，就由著它反客為主，連故事也變得虛泛而造作。其實，我一向對掌握動畫特效的導演最為欽佩。譬如昆汀．塔倫提諾（Quentin Tarantino）拍《追殺比爾》（*Kill Bill*），看得我動情無比。又譬如勞勃羅瑞格茲（Robert Rodriguez）與法蘭克米勒（Frank Miller）共同導演的《萬惡城市》（*Sin City*），儘管是低成本的製作，卻飽富視聽之娛，更引出我心裡的義憤感。

儘管有許多電腦科技，演員一樣可以表現，布魯斯威利（Bruce Willis）在《萬惡城市》或者鄔瑪舒曼（Uma Thurman）在《追殺比爾》裡，激烈的性格讓人難忘。哪會淪落到像真田廣之？……《無極》中成了個花衣小丑。

那是因為《無極》劇情單薄，無從琢磨劇中人的個性。真田廣之所飾演的大將軍光明，從頭到尾，就是一個不清不楚的無厘頭。

電影吸引觀眾，理由是故事說得動聽，讓人感同身受。像《魔戒》或《哈利波特》特效十足，但本質上，還是在說一齣動聽的故事。

＊

所以我認為他們是適應不良。

像我盯著鬧鐘，面板上閃著螢光，假假的水藍色。我寧願撿起舊的，撿起來晃一晃，聽那在圓盤上一格格走動的分針。

陳凱歌與張藝謀，對著剪成的電影，不知道會不會懷念自己用樸拙的技巧，拍出真感情的舊時光？

誘心人

這些年，似乎一直在等她長大。

再在銀幕上看到她，她長大了，果然更成熟了。這位演員叫作娜塔莉波曼（**Natalie Portman**），《誘心人》（*Closer*，臺譯《偷情》）電影，她飾演愛麗絲——一名真心愛上男主角丹（**Jude Law** 裘德洛飾演）的脱衣舞孃。

娜塔莉波曼今年才二十三歲。演技在小女孩時候就放出異彩，酷酷的造型也讓人難以忘懷。當時她在法國導演盧貝松的名片《終極追殺令》（*Leon*）中飾演販毒者的小女兒瑪蒂達，全家遇害之時，瑪蒂達出去買雜貨而逃過一劫。後來，瑪蒂達立志血債血還。緊湊的劇情裡，尚雷諾飾演的殺手里昂聽命從事，瑪蒂達才是復仇天使。

當年，娜塔莉波曼十二歲，已經透著某種難以捉摸的性感，眼神天真無邪卻又妖冶深邃，流露出小説《羅麗塔》（*Lolita*）中納博科夫所描寫的情慾氣息。

娜塔莉波曼在《終極追殺令》裡曾有許多經典鏡頭：有一幕，她坐在窗沿上，大眼睛裡有閃閃淚光。全片充滿了壓抑與衝突的內心戲，殺手里昂與瑪蒂達中間，其實是屬於大男人與小女孩之間的曖昧情愫，比同病相憐更多，有一些說不清楚的什麼，毋須對白，全靠眼神傳遞。

後來在《終極追殺令》片尾，殺手死了。小女孩抱著殺手留下的一盆植物，種在寄宿學校的地下，意味著死亡換來的新生。

我們都在等，等她長大，抱著植物的小女孩什麼時候長大？什麼時候在銀幕上接續她的人生？

＊

終於等到她長大。

《誘心人》電影裡，娜塔莉波曼與第一女主角茱莉亞蘿柏茲演對手戲。茱莉亞蘿柏茲飾演攝影師安娜，在安娜的攝影鏡頭下，娜塔莉波曼飾演的愛麗絲正在傷心，因為她直覺遇上情場敵手（前一瞬，安娜與愛麗絲的男朋友丹一見鍾情），心愛的人遲早會離她而去。安娜按下快門的分秒，娜塔莉波曼眼眶有淚，模樣楚楚可憐，也是電影裡高潮的一幕。

她飾演的角色一向敢愛敢恨。《誘心人》結束前，愛麗絲突然醒悟，不再愛男主角丹了，而娜塔莉波曼演來決絕，令人驚動。

從《終極追殺令》到《誘心人》，中間過了十年光景，像我這樣的影痴，始終在痴痴地盼。中間她也演過戲，她拍過《星際大戰首部曲》裡的艾米達拉女王，但只有等到像《誘心人》這樣的電影，讓她發揮演技，她那種蠱惑的力量才爆發出來。
誘心人，很適合娜塔莉波曼的片名，她是會勾人魂魄的演員。

真命天子？

在金鐘的電影院裡，看《日落巴黎》（*Before Sunset*，臺灣的譯名是《愛在日落巴黎時》），整部電影靠對白在拖拉劇情。男女主角的對白中有一句話，英文是**Mr. Right**。啊呀，底下的中文翻譯變成了「真命天子」？我告訴自己不要大驚小怪，大概是約定俗成，在香港，用廣東話發音，準備嫁的那個男人就叫作「真命天子」，俗稱，卻看來驚心，好認真的一句話！

怎麼會把男人當作「天子」？男人做上天子，女人成了姬妾，成群的姬妾之一，這，這還了得？

Mr. Right，直譯起來是「對的男人」，就這麼簡單。而且所謂「對」的男人，感覺上時效不長（用我們臺灣流行的話說，掛保證的時間不長），說的是此時此刻，這時候「對」，過一陣也可能「錯」。換句話說，**Mr. Right**很容易變成**Mr. Wrong**。對與不對，選擇權在我，決定權也在我。哪時候「對」、哪時候「錯」，主動權在那個揀選的女人。

天子，卻有一種恆常之感。當然，千中擇一的運氣，入宮之後竟然碰上有情的君主，兩人的感情也可能長久。像是白居易的〈長恨歌〉裡，寫著「聖主朝朝暮暮情」：這個「朝朝暮暮」，讓人想起「生生世世」，喔，古典到……真有點承受不起。

別誤會，我其實喜歡這樣的詩詞，正是我們生命中美感的底蘊。就以〈長恨歌〉來說，提到「天子」的「聞道漢家天子使，九華帳裡夢魂驚」，以及底下的「攬衣推枕起徘徊，珠箔銀屏迤邐開」，好像攝影鏡頭，一串的連續動作，閉上眼睛，我已經感覺到……電影也拍不出的纖細而又澎湃的感情。

文字的力量真了不起。

正因為語言文字的力量驚人，它是人們理解世界的座標，也是人們用來詮釋世界的參考架構。

港臺兩地情形差不多，語言中遺痕斑斑，顯示著我們父權社會的傳統：女人找到一個男人，動不動就說「歸宿」、就想要「寄託終身」。哎，世事多麼危脆？竟然想要找終身的倚靠。

如果我不是在香港，而是坐在我們臺灣的電影院，對白中的 Mr. Right，可能就翻譯成「白馬王子」，這個翻譯當然也一樣有問題：等著王子在舞會中出現，灰姑娘才有幸福的機會。

臺灣人喜歡用「白馬王子」，香港人喜歡用「真命天子」，……語言中直指著深心的盼望？這才是「真命天子」聽起來辛酸的地方。

欲仙不欲死

在某些時刻，我是極喜歡英文的。

譬如說，可以用英文延伸被中文規格化的感官，就以顏色或氣味而言，英文的層次感十足（相對於中文的深黃、淺黃、鵝黃，深綠、淺綠、黛綠，字典裡總有更多形容黃色綠色的英文字彙），我經常跟著英文而看到了一些新鮮的光暈與色彩。

另有一個領域，我絕對地寧取英文而捨中文，那個領域是關於情愛慾望的描寫。就以「Make love」為例，兩個英文字，但充滿了繁複的想像。中文逐字翻譯，翻譯成「做愛」也差強人意。不靠這類的翻譯，中文明顯失色，糟的是「敦倫」一類的舊語言，聽起來，做這事了無生趣，為的只是傳宗接代的倫理。同樣糟的是「辦事」、「炒飯」一類的新語言，過於粗糙，聽起來覺得照章行事，多乏味。

香港的語言鮮活，卻鮮活在……把身體慾望轉變成髒字眼的字庫。看看周星馳的電影就知道了，最好對方是個啞女，男主人翁便可以偷懶不說話。其實，遇上情愛的範疇，原本也不知道怎麼說話。

做愛做的事，臺灣現在喜歡用「嘿咻」。「嘿咻」大概是個形聲字，多了點配音效果，但它太具象，聲音也顯得吃力，汗流浹背似的在做苦工嗎？聽聲悟色，便少了想像空間。

＊

至於中文的「慾望」，也是相對於英文的「desire」所衍生出來的詞彙。原來中文裡缺少這類的字眼。即使在中文出現，也跟著負面的意思，像是「存天理、去人欲」，上下文裡，「慾望」就是個壞東西，它是站在「天理」反面的壞東西。

在我們生長過程中，儒家文化要人克己復禮，卻也妨礙了從感官上認識自己。身體與慾望，代表對本身的個性覺知。我們文化偏不容這樣的覺知。在一個父權社會中，哪有語言去觸及年輕人春情勃發的心底世界？

因之有許多壓抑。

甚至把身體慾望也扭曲成了功能性的考慮。

譬如，在我們的封建傳統裡，功利取向地還有道家的「採補」之術。古籍上說，「黃帝御一千二百女而登仙」：「御女」竟為了「登仙」（注意那個「御」字！），為了成仙，把女性的身體看作丹爐，於是，男女繾綣變成了苦哈哈地「煉丹」，變成了功利的項目，而且功利到了計算數目，一個、兩個、三個，逐個相加……，一千兩百個少女加起來，成就的是男人登仙之途。

重要的應是過程，兩情相悅的過程才惹人想像（中文裡死找活找，總算找到一個頗可以刺激想像的成語：叫作「欲仙欲死」），道家文化卻把「過程」帶過去，教男人壓抑自發的感覺，專注於採陰補陽的「結果」。

慘的更是那些「丹爐」——熊熊的火焰中，哪裡還存有自己的慾望？

〈第3章〉一座城的身世

第1節　我的私房景點

蘭桂坊與一堵牆

香港有一堵牆。

來香港的時候你說不定見過：在蘭桂坊，週末的夜晚，拿著酒杯的人在牆角下晃動身體，那種萬頭攢動的盛況。

夜色裡，那是帶來視覺震撼的一堵牆。盛況留在你的視網膜上久久不散。看似世界的盡頭，其實，那只是德立己街（D'Aguilar Street）的盡頭。牆的另一側，又是雲咸街（Wyndham Street）的開始。石頭牆是公寓建物的地基，但在錯覺裡，它連天接地。酒吧裡溢出到街角的人們，勉強在牆面下找到站立的方寸。人們抓著酒杯，在世界的盡頭尋歡作樂：一點頹廢、一點沉湎，帶著太陽不再昇起的孤注一擲，夜色之中，那是蘭桂坊最有異色情調的地方。

正對那堵牆，街角有間餐廳：Stormy Weather，你說不定也見到過，周圍懸滿了加拿大國旗。一個加拿大人在香港，一個思鄉的加拿大人在香港？店內，牆上掛著羅盤，玻璃板壓著航海圖，顧客在航行的船上？原來，香港不是島，是船，是一艘船，在店主人心眼裡，說不定是艘向著故鄉行駛的船。

＊

醉茫茫的夜色之後，白天，再看那堵牆，實在是無趣的景象。牆上多了官僚主義的印記。路政署維修部門的「斜坡登記號碼」之外，牆上禁令高懸。禁令寫著「嚴禁標貼」（啊哈，禁令本身就是它該嚴禁的標貼）。而且中英對照。

「任何人在此政府護土牆上張貼廣告或告示會被檢控。」（Anybody who putting up poster on this government retaining wall will be prosecuted.）

「警告：嚴禁棄置廢物及垃圾，違者會被檢控。」（Illegal dumping of refuse/building debris is prohibited. Offender will be prosecuted.）

還是有人不怕檢控，黑色大字塗著電話號碼，那是些「通渠」的廣告。「通渠」，多少的溝渠需要疏通？閉塞住的豈只是水溝而已。

＊

在我眼裡，香港少的正是一堵牆。

其實，自從到了香港，我始終在找，尋找灰磚砌的那堵牆。高牆在張愛玲一篇經典小說〈傾城之戀〉出現過。它若不在淺水灣？在哪裡？或者一陣強風，那堵牆從淺水灣搬到了蘭桂坊，搬到了德立己街盡頭。事實上，這種大搬運十分可能：正好像建於一八四六年的美利樓（Murray House），歐陸式的建築原來在金鐘花園道，一轉眼搬到赤柱廣場（**Stanley Plaza**），坐落於一個完全不同的時空。

蘭桂坊這裡天賜良緣，剛好有一堵石頭牆。偏偏在官僚機構的認證下，成了「斜坡」，成了「擋土牆」，啊，像在焚琴煮鶴。

如果移開路政署的警告，而在牆的角落，掛一塊小牌子，可以是最不起眼的角落，寫著：「欲知這堵牆的來歷，請參閱〈傾城之戀〉」，或者，更文學性地寫著：「流蘇她彷彿做夢似的，又來到牆根下。迎面來了柳原，她終於遇見了柳原。……」這樣浪漫的鋪排，多麼引人遐思？

對沒讀過原著的西方人也可以饒富意義，為了增加聯想，可以用英文附注上幾個字：「〈傾城之戀〉是一篇香港傳奇，有人認為，這是東方的《亂世佳人》（*Gone with the wind*），白流蘇像是郝思嘉，而范柳原與白瑞德亦有諸多相似的地方。」

站在那裡，一個臺灣人在香港，我簡直被自己的巧思迷倒了。

中環夜色

夜色裡，我喜歡繞著域多利監獄（Victoria Prison Compound）遊逛。沿那堵監獄高牆，環這整個中區警署建築群走一圈，其實是香港島最浪漫的夜遊地點。

上階梯、下坡道，繞著已成為古蹟的監獄遺址，迎面見到角樓、石板階梯、牆頭帶刺的捲籠、鐵門裡面滾動的落葉，以及高聳的斑駁石牆。牆的縫隙偏又蹦出了生命，搖晃著幾株嫩綠的蕨類植物，在路燈下，現出詭譎的美感。

舉目都是時光的遺痕。環繞監獄的民居商鋪，甚至顯露專屬於華人的生存之道。包括巧思的命名技巧，這裡有自顧自翻譯做「贊善里」（Chancery Lane）的私人公寓，這裡也有雙關語一般叫作「長城」的皮件店。而想像力的首選，我選那家專做鋁門鋼閘的工程公司：店面坐落於監獄門口，正是它產品牢固的品質保證。

＊

閒逛的時候，我在亂想什麼？

思緒漫無邊際，想著當年遙對監獄圍牆，犯人家屬凌空抛入香菸的狀況。

也記起詩人戴望舒一九四二年在這所監獄的落難處境，他那首〈獄中題壁〉寫得悲從中來。

恍然還置身於太平天國拳亂時候的香港。幻覺中，嗅到從下面街道飄上來的海風，思緒飄遠了，一八八九年之前，歐洲籍的犯人，從這裡，更被遠送到南非的好望角。

坐在街角，縱觀這一堆始建於一八四一年的建築群，建築分三組，清楚看出殖民者的威權遺痕：建築涵蓋了中區警署、前中央裁判署司、域多利監獄，意味著從被捕、審判到入獄，通過地道就可以一氣呵成。

據說直到十九世紀末，獄中的華人囚犯還常遭鞭刑。

*

浪漫？怎麼浪漫得起來？此時此刻，對自己隨想翩躚的浪漫，生出絲絲罪惡感。

水溶溶的夜色之中，眼前卻真是……詭譎的美感：角邊的石頭樓，明明是荷槍士兵守望的地方，卻有古典而厚重的線條，而它也有個美麗的名字，叫作「紫荊樓」。至於高牆內的建築，用了米黃與粉藍的油漆顏色，應該是刺眼的搭配，在夜空中，卻透出老建築特殊的靜謐與和諧。難道像華格納的音樂，李芬史達爾（Leni Liefenstahl）的攝影……儘管包藏著罪惡，深植著眾人的苦難，其中，仍然存著詭異的美感？

*

為自己開脫的話：這美感，或者不應該叫作美感，高牆內的天空，對我，始終是一種感情的繫念。在臺灣民主運動中，朋友曾被關進獄裡，那些年，魂牽夢繞，我總在痴想比我勇敢的人，作為政治犯的牢獄折磨。

或者，亦因為此刻我本身的現狀（職位上，束縛捆綁乃是結構性的必然），以至於對這監獄，產生特殊的體己之感。而我禁錮的心啊，此刻，它正渴望著牆外的自由嗎？

銅鑼灣夜色

若問我，最讓人痴迷的銅鑼灣夜色，那是在兩個酒店之間，一塊畸零地。畸零地是個三角形，在怡東酒店與柏寧酒店之間。

最初發現這裡，因為這一帶關店比較晚，還有二十四小時的「惠康」，需要救急的日用品，我會過來。

白天，這裡是不一樣的風景。隔個大馬路，怡東酒店另一邊臨海。長久以來漁家用作避風塘。若是從怡東酒店的高樓玻璃往下望，遊艇之間夾雜舢舨，還保留一些水上人家的原貌：居高下望，船身畫著柔美的弧形，映在紋風不動的水面上。

日正當中的海邊有一門砲。原是怡和洋行迎接商船入港的禮數，當年，港督為了懲罰洋行濫用公權力，規定怡和每日正午用砲聲報時。現在觀光客群集，成了觀光行程的一站。

白天，這裡也是購物族的朝聖之地。銅鑼灣地鐵站出口，橫豎幾條街，點綴著不同趣味的小店。但我只是順著人潮走進去。要我敘述兩間酒店中間幾條街的相對位置，對我，在天光下也像掉進迷宮。

很多時候，我會沿著百德新街走。附近的商店包括星巴克咖啡，還有 See's Candies，轉個彎，一家餐廳叫「甜品滿屋」，進去之後就可以無窮無盡的點，恨不得倒臥在蛋糕的糖霜裡（旁邊一條街就叫作「糖街」，街名唸著都是甜的）。

然而，我要講的是入夜後的景色。

*

入夜後的百德新街變成一條奇怪的街。快到盡頭了，像是倒垃圾的後街，不，突然像是走錯了路，周邊的人潮不知道哪裡去了。更接近盡頭的地方，簷廊下錯落幾家日本風的時尚店：冰涼的線條，金屬的顏色，玻璃窗裡漠漠的荒寒，突然，像置身荒寒的東京都。

遠遠一點燈光，那是日光燈的慘然白光，浮在夜霧裡，街角加油站的奇異招引。

這裡是哪裡？

瞬時間迷了路，一逕走到世界的盡頭，面對無邊的黑暗宇宙。

我覺得自己正在漂浮：跌一跤爬起來，起身時，發現自己已經……跌入了未來的夢魘。

有人跟我有類似的恍惚經驗嗎？

如果你來到銅鑼灣附近，多出一點時間，而你總好奇於魔幻的街景：同樣的入夜時分，跟著我，向前漂浮，你就知道我說的是什麼。

＊

轉個角，停住腳步。往回走，即刻又可以回到人間。

轉角就是溫暖的人間：譬如說，走幾步路，百德新街的另一側，就會看到 **Ikea**。果然像開在臺灣的 **Ikea** 一樣，店裡有橙橘色澤的家具，逛一逛，總能夠找到些好用的書桌雜物。

可惜它關店的時間有點早，晚上十點半已經打烊。早先，我去過店裡，買一個滑鼠墊（寫這篇文章的時候已經派上用場）。墊子上遍布明亮的圓點。

我買故我在。回過神來，總要駐足於現實世界相關的事！

下一刻，二十四小時「惠康」的櫃臺前，我拿著牛奶雞蛋，付完錢後，預想那是一盤香噴噴熱呼呼的早餐裝進袋子裡。我的右手，捧著一束花，帶回家插給自己看。

理想的酒吧

蘭桂坊往上走，跟荷李活道垂直的奧卑利街，找到一家叫作 **Bohemian Lounge** 的小餐室。爵士樂之外，它有吧臺，毫不酷炫的裝潢，頗像我心中理想的藏身之所。

從門外面看，它看起來……比走進去更理想。真正坐下來，缺憾是吧臺主人是尼泊爾裔，這種時刻，我寧願說自己的母語。

只有母語，可以用幾個字把情緒說清楚。坐在吧臺前，需要的就是那樣，而不是努力地試探、勉強地表達，然後靜靜地知難而退。

*

良夜有誰為我留？……自從到了香港，腳步遊蕩，我始終在找那處理想的吧臺。

理想的吧臺，就像理想的家庭、理想的婚姻，總是隔窗在觀望時的選擇多一些。

而一處理想的吧臺，除了讓人隨時可以彎著肘關節趴在桌上，還包括理想的吧臺主人（**bartender**，怎麼翻譯？「酒保」，總覺得不太恰切，何況在吧臺前不一定喝酒）：人人需要，甚至是渴盼，一位解語的吧臺主人。

知道……什麼時候出聲，什麼時候緘默，什麼時候應該再次斟滿，什麼時候又應該拍你的肩膀，叫醒你，順便幫你電話叫計程車，看你穩穩坐上車回家。

在臺北，我常遇到這樣熨貼地、負責地，朋友一般地吧臺主人。

對我來說，這樣一個藏身之所，屬於人生的基本需求。像我無聊時候窩在家裡看的電視情境劇《*Becker*》，如果沒有那個 **diner**，沒有那個 **diner** 裡的吧臺，沒有解語的吧臺女主人 **Raggie**，職業是醫生的男主角 **John Becker**，不知會不會鬱悶到想去自殺？

或者，想去暗夜裡放一把火？

整個城市燒個乾淨吧，既然是不能忍受的生命情境。

＊

還有我喜歡的那幅畫，題目叫作《*Nighthawks*》（翻譯做《夜遊神》、《夜貓子》，哪個好？），畫家 **Edward Hopper** 一九四二年的油畫作品。

坊間常見它的複製品，有一度，**Starbucks** 也印製在它專賣的咖啡杯上。

主題是人物繞坐著吧臺，外面是夜，裡面是清冷的白光，三個客人坐在吧臺前。並坐著一男一女；臺子一側，坐的是另一名只望得見後腦袋的男顧客。畫家以居住多年的紐約市格林威治村作素材。據說，並坐的男女皆有所本，男士乃是畫家自己，至於旁邊的橘衣女人，畫家用妻子 **Jo** 充當模特兒。並坐在一起，畫裡卻看來各不相關，關係為什麼那樣淡漠而疏離？

坐在緊鄰，倒不如，不如跟吧臺裡面那位雙手正準備餐點的人親近。看在我眼中，畫作上的吧臺主人兀自放光，好像寒夜中的一盞街燈。

沒事可以閒扯，有事可以告解，遊蕩的人在吧臺前找到自己的神父。孤寂的大城市，終於有一個角落，可以安安心心地說話……或者不說話。

每次看這幅畫，我心裡都突地一懍。就是這裡，畫裡才是︰最理想的吧臺。

〈理想的酒吧〉續篇

在香港，半山上 Soho 地區，離上下山的電動扶梯不遠，有一家叫作「壁虎」（gecko）的酒吧。

燈臺是青銅花樣的壁虎，壁紙上也印著壁虎花紋。影綽綽的光景，容納十幾二十人的地方。星期三晚上，站著，坐著，都是爵士樂的樂迷。

星期三晚上在這裡，星期四、五晚上是「外國記者俱樂部」：迴旋樓梯下去，地下室那間叫 Bert's 的小酒吧。喜歡爵士的人像游牧民族，爵士樂是水草，這批樂迷追逐爵士樂的光影在移動。

Bert's 裡有一位彈鋼琴的樂手 Allen Youngblood。非洲裔美國人，矮個子，低而沙啞磁性的嗓音。身形頭小肩寬，連走路都有一種韻律性，一顛一顛地，好像跳躍的音符。

他彈鋼琴，搭在鋼琴上的手經常大幅度滑動。一邊彈琴，身體同時在上下搖擺，嘴裡還跟觀眾搭話。只要他坐在鋼琴前，舞臺上立刻有了生命，其他樂器也被帶動，那分鐘就興奮起來，彷彿多了個向周圍送熱的電暖爐。幾位樂手搭檔多時，存著絕佳的默契。一個人開了頭，其他人自然能夠找到和弦。手隨意到，意隨心到，一起玩得好開心。聽眾們許多是熟面孔。有人偶然會上臺客串一曲，有人只願意做角落的聽眾。樂手下了場（或中場休息）也自然湊過來，拉張高椅子喝啤酒，彼此碰碰杯，哈拉幾句。

其實，爵士樂就是某種氛圍，自由而隨意，由著自己浮蕩在音樂裡。

＊

在「壁虎」這種爵士酒吧，經常是愈晚愈熱。接近午夜，拎著樂器的人都出現了。從哪裡來？……樂手們都有別處的工作吧，別處上完班，匆匆趕過來。——下電動扶梯先經過一個長甬道，像是某種祕密結社，進門彷彿需要某種暗語？在香港，痴迷爵士樂的人都聚在這裡。

隨時加多一支小喇叭，再加多一支薩克斯風……，樂器愈來愈多樣；三個人、四個人、五個人……，陣容愈來愈壯盛，隨時也有人即興客串歌者，拿起麥克風，灌滿感情的聲音，胸腔都掏出來了。

鼓掌的聽眾，都是彼此看得眼熟的爵士迷。就是這極少數人，這少數持續捧場的樂迷，城市中才有了爵士夜晚。對著湊過來的小圈圈樂手，不敢問他們的生活怎麼樣？——他們散居在何處？怎麼養活自己？有沒有機會聚在一起練習？房租這麼昂貴，這裡是人煙稠密的香港！

只知道算準日子，他們必定會出現在這裡。每星期這幾個晚上，好像接到壁虎祕密行動的召集令，拎著大盒小盒樂器，從牆的縫隙，一個一個爬出來了。

蘭桂坊一隅

書店裡擺著：《在北京生存的一百個理由》，我應該寫一本書，叫作「在香港生活的一百個理由」，說不定，之前早已經有人寫過這樣的書：關於香港，關於為什麼住在這裡的理由。即使早有了這樣的一本書，不嫌多，我就再寫一本，反正又不是名牌店買衣服，不怕穿出去撞衫，每個人都可以有自己認為最獨特的理由！

為了美食，為了血拚，為了嘆世界，啊，嘆，這個生猛有力的世界。有時候，理由又看似簡單，只為留存在視網膜上的一個景致。

甚至一個街景。

譬如說，剛才去 **Page One** 買書，我站在「蘭桂坊」的入口，德己立街與威靈頓街交叉處，等著穿越馬路，不小心看見了。

「奇華餅家」的二樓。迎風招展的、色彩繽紛的四角底褲，就這麼晾著，晾在二樓陽臺上。

樓下是「奇華」，「奇華」隔壁：一邊緊鄰著新潮的眼鏡店，一邊是鼎鼎大名的飯店「鏞記」。「鏞記」樓上又是名人出沒的 **Kee Club**。而我等待過街的地方，也是狗仔們端著相機，獵奇獵豔，週末晚上用鏡頭守株待兔的街角。

我想著那二樓人家，也就是陽臺裡面，花花綠綠四角內褲的主人，他們的庶民生活呢？包不包括……「鏞記」買燒鵝、提著小鍋到對面「黃枝記」買蟹粥，然後走到沿階梯的街市買生鮮，回家在光天化日下晾滴水的衣衫……。

五彩的四角內褲，就讓它迎風招展。儘管緊鄰「蘭桂坊」，但，帝力於我何有哉？這兩竿晾曬的衣服，鮮活、俗豔，還有點旁若無人，像是廣東話的勁道。我喜歡這種光天化日之下的大剌剌，反映出理直氣壯的小市民生活。管你什麼鬼佬、觀光客，管你附近開了時尚店，反正我這裡佔著地勢，過街的人都要仰頭張望，看到我家的兩竿衣衫，醒目不？文化震撼你最好照單全收。

生動而刺激，這是我心目中的香港一隅。

比起住在大樓裡（現在大家都流行稱「宅」）：觸目是綠茵茵的人工草坪，購物有社區專車送去「百佳超市」，買完了先結帳，第二天送貨到家，哪一種的生活更適合人居？

寧可像這家人這麼生活，就像在我們臺灣過日子，也經常是住商合一，街景充滿著參差的趣味。有時候人聲車聲、店鋪招牌，空間浮蕩著一團燥熱；轉個身，樹蔭裡又找到靜謐的小弄堂，其中還有美感、還有寧靜閒適的追求。

而我現在暫住香港，將來有一天離開，心裡念念不忘的，既不是拔高像棒槌的IFC，也不是瘤狀糾結的「力寶中心」、或者扭成麻花的「中信大廈」，更不是「長江集團中心」的點點銀光、或者貝大師幾何圖形的「中銀大廈」，比起那些高聳的都市地標，比起兀自反光的冷寂樓面，我寧取這曬衣服的一方陽臺。

定居美國多年後遷回我熟悉的亞熱帶，可不就為了躲避美國整體的那份冷寂？冰冰冷的尤其是大都會裡與人的生活極少相關，號稱現代主義經典的摩天樓。比起來，我喜歡看見陽臺上熱烘烘的衣服，街市之中蹦蹦跳的鮮蝦，這才是我心裡的庶民香港。

城市選拔大賽

走過跑馬地，海報高懸，「香港賽馬會」正在選拔最受公眾歡迎的馬匹與騎師。「幸運派對」還是「開心精采」？杜利萊還是湯志傑？我不懂馬，也不懂得分辨騎師，但我還是望了半晌，十分出神。我猜，這一切源於自己喜歡選拔活動，為大腦帶來立即的電流刺激。就好像看電視拿著遙控器亂轉，碰到「環球小姐」、「世界小姐」選拔就停住不轉，一路跟著心情起伏，非要等到結果分曉，甚至對裁判的評選結果也頗有微詞。我自以為有一雙明察秋毫的好眼睛，這種感覺值得心理分析：說不定，評頭論足的時候，除了表達本身獨特的（？）美學見解，平日難以發抒的 **sarcasm** 也有了出口。

所以，我時時在選，悄悄在心裡選，走過香港的市區就在比較：最喜歡的、次喜歡的，最討厭的、次討厭的……。石筍一樣冒起的建築物，我到底中意哪一棟？中環一帶，車水馬龍，我偏把眼睛定在 **Ritz Carlton**，它夾在陀螺狀的、腫瘤狀的、水塔狀的、陽具狀的現代建築中間，酒店不高，卻安靜自得。多數時候，對建築的品味，我像是英國的查爾斯王子（就是那個老老的、老到快要褪色的王儲！），充滿懷舊情緒。譬如一個人散步，我寧願踟躕於「香港公園」裡的「茶具博物館」（舊英軍三軍總司令官邸），典雅的洋樓像是灰白的珍珠，舊了，卻添上時光的手澤，望著就覺得歲月靜好。若是在車行中塞住，我寧願塞在蘭桂坊附近下亞厘畢道的轉角，便可以盯住「外國記者俱樂部」與「藝穗會」（Fringe Club）連身的舊冰品公司，很奇異地，那建築的牆腳彷彿埋著集體記憶，想到它賣冰的歲月，便帶給人快樂的召喚。對了，快樂，我一向喜歡快樂的聯想，像是金鐘道上的「匯豐銀行總行」，我偏愛它，因為它讓人聯想起大玩具：聯想起可以拆卸拼裝的 Lego，這麼貴的造價，真希望拿在手裡隨意扭轉一番。

也有特別挑剔的時候，哪一棟樓最刺眼？灣仔這邊頭重腳輕的「解放軍總部」（這倒不怪人民解放軍的品味，英軍才是始作俑者，這裡是當年英軍駐港的總部，舊名「威爾斯親王大廈」）？還是尖沙咀那邊水泥盒子似的「香港文化中心」？趕緊說，事關個人的喜惡，沒什麼深奧道理。但總結起來，我從來都不喜歡現代性過度強烈的建築：它們太冷、太突兀，譬如說，山頂纜車總站「凌霄閣」，雖然由英國名建築師 Terry Farrell 建造，望著都覺得像冰涼的幾何構圖，少了溫暖的人性。

香港政府若是善體民意，建築物的選拔大可以由政府來辦，市民來投票，選出最喜歡的都市地標。不只建築物，選拔的事項林林總總，譬如在全香港五十多間天后宮天后廟（我們臺灣通常叫「媽祖廟」）之中，票選印象深刻的一間。又譬如用我們臺灣的做法，列舉散落各地的古砲臺，拉些媒體一起舉辦人氣大賽，比比哪一個砲臺最令人流連忘返。

城市的選拔活動可以拓展觀光資源，更重要地，卻在於凝塑市民的身世記憶。香港既然叫作「動感之都」，居民總要有些共同的感動（或者共同的感覺）才好。

太古廣場的祕密角落

公司搬家，搬離開香港島的 shopping 勝地：「太古廣場」。我問自己有沒有特別想念什麼？

大大一個「太古廣場」，名店一家接一家，餐廳也一家連一家，對我，都沒有特殊的感情。算起來，念念難忘的倒是「太古廣場」幾處小角落。

像是西武百貨底層，Great 超市的邊緣位置，有一家 Pizza Express。小店位在隱蔽的斜角，卻監看超市的入口。一個人坐那裡，一杯可樂，一份尼斯沙拉（裡面有我最喜歡的鯷魚），右望可以瀏覽超市的顧客；眼光向左移，視線前方正是超市糖果部門。牆上整排的玻璃罐，罐裡裝著軟糖豆（Jelly Beans）：天空藍、蘋果綠、檸檬黃、奶油白……每個玻璃罐一種，我喜歡軟糖豆染著的甜蜜顏色。

Pizza Express 裝潢很簡單，保持快餐店的明亮潔淨：桌上插一朵雛菊，視線所及，還有幾株矮矮的棕櫚樹。

手裡動刀叉，耳朵會接受到鄰座的閒談。男人們眼神曖昧，大概正分享一則熱騰騰的辦公室八卦；女人們坐下來，臉上留著被物慾挑起的急切表情，忍不住就拿出剛才的戰利品炫耀一番。午後三點，顧客顯著減少，到了快餐店員工開飯的時間，看員工們跟我一樣，每人前面一個飯盤，我伸長脖子，悄望一眼他們盤子裡的食物。

跟我盤子裡的東西看起來相似，立即感覺放心，自己人做給自己人吃的，一定不會錯。

*

同樣在購物廣場這一角，靠近金鐘道出口的開放空間，電扶梯底下有家「星巴克」。花叢旁邊，角落幾張高腳椅，像我的專屬座位。

手裡一杯拿鐵，望著眼前流動的人、細碎的腳步、危顫顫就要不堪負荷的高跟鞋。鄰近落地櫥窗是「西武百貨」的化妝品櫃臺，我隱蔽的座位恰巧正對 **cle de peau**（臺灣翻譯成「肌膚之鑰」）品牌，不時可以望見化妝師為小姐們細細描畫，對比描畫前與描畫後，立刻明瞭美人就是這樣造出來的。

橫跨商場，太古廣場的另一端，地面樓層，我也尋到一處可以久坐的角落。那裡，電扶梯旁 **Cafe** 叫「**EAT**」，銀粉色的旋轉圓凳，金屬質感的裝潢，走起來會作響的鐵皮地板，配上俗麗的霓虹招牌，帶著 **Diner** 的車廂趣味。

我總挑角落的座位。躲在不銹鋼護欄後面，啃一口三明治，喝一口礦泉水，還以為自己是觀光客。假裝自己有觀光客的好心情，這時刻正停下來小憩，這裡一個人也不認識，隨意觀賞周遭，下一刻背上行囊就要上路。

我喜歡這種遐想，想一想也是好的，為什麼想要逃走？為什麼總在想一處隱身的角落？其實，活在都市這水泥叢林，愈需要安全的掩護。角落裡，看別人而毋須被人看，品評別人而不必受人品評。或者也是在重溫童年的舊夢……就好像上學時日總想著逃學，總在數算幾個私密的藏身處。當我矮著身子鑽進壁櫥，瞬間生出窺到成人世界祕辛的新奇感！

就是這樣了，在名品店與大酒店中間，寥寥幾個角落，曾經帶給我私密的快樂。

Desperately seeking 方庭

在香港，四處尋找可以喘口氣的方庭。

西式建築的「方庭」，像是中式建築的「天井」。心底的需要吧，觸目是高樓的日子裡，急需尋覓一處通透的方庭。

穿過廳穿過柱，淺水灣酒店裡找著了：白石的噴水池、橙色的方磚，張著遮陽傘擺著咖啡桌……然而，這裡少了點什麼，少了啄食的灰鴿？少了肥白的海鳥？離海灘很近，偏偏嗅不到海的氣息。

想念一畝方庭想得緊，水翼渡輪可以過去澳門：出碼頭，計程車轉上大橋，轉進懶洋洋的路環島，安得魯王子蛋塔店附近，沿海邊走幾步，走近我心心念念的方庭。

方庭的中心是聖方濟各教堂：奶油色的外牆，橢圓窗戶，建於一九二八年，教堂頂部還有一個小巧的鐘樓。教堂以聖方濟各（St. Francis Xavier, 1506～1552，名字另一譯法為「沙勿略」）為名，閒坐在噴水池旁邊，海風拂面，很適合靜靜懷想最早來到東方的教士：想他苦行的一生、想他孤獨的死所、想他充滿宣教熱情的書信、想他踟躕於中國沿海登岸無門的苦悶、想他對另一位文化使者利瑪竇的啟示……瞇著眼睛，教堂門口的光影中，我沉迷於跟現實毫無關連的遐想。

聖方濟各不斷地向遠方寫信，寄的信經常遺失在路途中。跟耶穌會創始者羅耀拉（**Saint Ignatius Loyola**）的信中寫著：「送我到任何地方，遠至印度都可以。」後來他先到印度的果阿（**Goa**），極度惡劣的環境下，竟有一個月內施洗一萬人的事蹟。一路辛勤傳布福音，行經印尼、馬來西亞、日本，最後來到路環附近，在上川島上孤單病歿。眼前這教堂的小室，本來還存放有聖方濟各的部分遺骸。

從精神層面回到口腹現實，教堂右旁的食攤叫作「雅憩」，時時傳來咖哩炒蟹的辛香。「雅憩」的菜單豐美而獨特，葡人的南歐香料混入了廣式海鮮。澳門文化其實是個異色的拼盤：就像在聖方濟各教堂裡，側廂又融合民俗，祀奉的是神似聖母瑪麗亞的「送子觀音」。

錯雜的時空，澳門遍布各年代的歷史遺痕：方庭外，紀念碑刻著路環居民在百年前驅除海盜的軼事。

*

淺水灣酒店的方庭少了什麼？

地磚上若少了青苔，就失去它影影綽綽的歷史感，淺水灣酒店缺少的是時光記事。遺痕消逝無蹤：包括淺水灣的英文地名為什麼叫作 **Repulse Bay**，包括淺水灣酒店在一九二〇年間興建的原由，包括二次大戰它充當的避難所功能，包括許多電影小説中它做過取材的場景，包括蕭伯納等名人雅士曾經下榻的房間，沒有任何線索或標記讓人牽憶從前。

方庭裡左望右望，噴水池兩側盡是連鎖餐廳、連鎖咖啡店、連鎖性的「惠康」超市，……在香港，連鎖店是拜物教的分支會所。

我只好繼續找，環繞著這個島，找一處獨特的方庭。在我心中，裡面有倒映著天光的噴水池。

中環祕密會所

走在中環，穿過蘭桂坊的喧囂，轉入德己立街，上二樓，走進那家英文書店 Page One（是的，就是臺灣同樣的連鎖店），說不定，你會被那本小書吸引。

不為那本書，為的是那個封面。

花花綠綠的記事簿中間，書的封面比 Nara、比 Emily、比米羅、比安迪華荷、比 French Kitty、比 Cat Woman 更搶眼，更會讓你難忘。在書封面上：一對男女，望向大海，望向海天一色的地平線，也許是，也許不是，不是蓋茲比與黛西，那裡有我們共同的追尋。

*

或者要感謝村上春樹，費滋傑羅變成一個重新出土的流行符號。費滋傑羅寫的這本書是《大亨小傳》，二〇〇〇年企鵝版。封面配的是當年知名的攝影家，George Hoyningen-Huene 的作品。

做封面的照片叫〈Divers〉，一對穿泳裝的男女背對著我們，坐在甲板上。眼光遠眺，望著渺遠的地平線。兩人手臂的肌肉結實，背部的曲線出奇地柔和。一九三〇年，泳裝樣式還很保守。重點是那樣的凝視讓人迷惘。

他們在看什麼？看到了什麼？

＊

他們望向大海，憑弔……將成為過去的情感嗎？

站在書店裡，在浪漫成為奢侈品的時刻（等一下，還要趕回辦公室上班呢！），對著一本書的封面，我想著自己仍固執地做這不可能的事：某一天，我將試圖用短短的文字（後來的成果就是您眼前這篇），勾起某位讀者的興趣，我多麼想要用文字描述一本書的封面：一張相片所傳遞的懷舊氛圍。事實上，很讓人戀戀不捨的……也是《大亨小傳》小說背後的氛圍：上個世紀所謂的「爵士年代」，「大蕭條」即將到來，人們那一瞬間，還在無止盡的夢想之中：他們的夢或者膚淺，但也自有其純潔與天真。那是一個以為只要全力以赴，以為夢想就會實現的年代。

書中寫著，明天，更努力一點，目標又多接近一點點。

＊

這裡，中環的一家 **Page One**，幾位愛書族正在「打書釘」（俗語，意思是埋首書堆），似乎正在努力……發掘過去還有什麼珍奇事物。

書店瀰漫著沉靜的氣氛，時間慢慢悠悠，流露出某種精工細作的閒適。像眼前的櫃臺上，即使是展示著的記事簿與地址簿，都像是手工裝訂而成，難道都是收藏用的？明明……在數位的時代，地址變了網址，從電腦上輸入即可，誰還寫字呢？什麼人還一筆一畫寫在本子上？

我想著剛剛那個封面，那幅叫作〈Diver〉的照片——他們在想念什麼？在臨界點上，他們的眼光為什麼那樣迷惘？

海岸迷航

到了夏天，厭棄都市的溽熱吧，我總四處尋找荒野。有時候亂石堆旁下水，穿過水草，在隱蔽的海裡游泳。凡在香港水域，每處海角都很有個性：不同的溫度與鹹度，不同的浪湧與波漩，海水打上來，與皮膚有不同的緊密關係。

我寧可皮膚曬得起皺，曬出圓形的斑點，像染色不均勻的皮革。許多時候打著赤腳，腳板印在沙上，踩在石上，然後縱身下海，嘴裡滿是鹹味，眼睛縫填塞細沙。自從來到香港，苦行僧一樣，遇到假日就在山徑上走。走得腳板長繭、生出硬皮，難道我想用腳板覆蓋每一寸土地？覆蓋，是的，凡走過的就在腳底留下記憶，這是肌膚最原始、最親密的親身接觸。有時候山澗旁攀爬，回身已經踏出一條新的路。有時候突然四顧，一晃眼並不認識照面的風景。或者，我希望的就是在假日裡迷途！

對啊，這兩年來，有資格寫一本「迷途指南」了：指引旅人怎麼在香港迷途，而不是怎麼避免迷途。

※

這星期天，去的是西貢海域。

船行平穩，我坐在豔陽下的船頭。水道繞著北角，左邊過了將軍澳，海岸線變得多姿起來。船經東龍洲，直上吊鐘洲，沿岸是風化地形，小島成群，間雜著刀刻一樣的懸崖，閉上眼睛，撲面的水沫，誤以為在乘風遠颺，這一刻正遠赴重洋。至少，不會是離銅鑼灣十幾分鐘的航程。

逃離此時此地，對我，這是旅行的奧義。就好像去到香港離島之一的大嶼山，海灘一家小食店，大樹底下擺幾張桌子，從樹下的斜角望出去，一片柔長的白沙，幻覺中那是熱帶，或者南風之南，更遠的地方，一處無人海灘上。

所以我也喜歡搭船，停泊在海中央，隨時會生出身在何處的暈眩之感。

＊

穿過清水灣，船航行在糧船灣的海域。

可惜仍不夠遠，一路往前開航，地標還在召喚：船轉個頭，天際又出現了西貢郊野的蚺蛇尖，船像是原地打轉？……海岸線彎折詭奇，海面就是最浩瀚的迷宮。

然後下錨，對著大蛇灣與禽螃灣的海面上。

每次從船上躍進海中，我喜歡的正是那一瞬間：從頭到腳沒入碧藍，然後緩緩伸出手臂，浮起的已經是新的生命。

瞇著眼，從海水裡望，豔陽下水珠閃閃，果然是一個晶亮的新天新地。背向陽光睜大眼，岸上兩株高高的椰子樹，樹後面兩層的大宅高屋，幽靜的海邊旅店？夢境一樣的度假樂園？或者我在發昏，岸上只該有荒村，沒有旅店，眼前難道是海市蜃樓？

太陽讓我暈眩，四際的鹹水讓我很快昏昏然。我浮向前，再浮向後，寧可保持距離，卻不捨得……靠近岸邊。我讓自己在海裡遠眺，繼續遙想岸上的奇幻光景。這光景讓人迷惑，還帶著些許迷茫，我才不要游過去發現真相（萬一只是棄置的工廠！）許多時候，好奇心與想像力之間必須取捨，好奇要有節制，不能夠強大到……破壞無邊無際的想像。

對我，這是旅行的奧義：海水裡，我都會讓自己……徹底迷途。

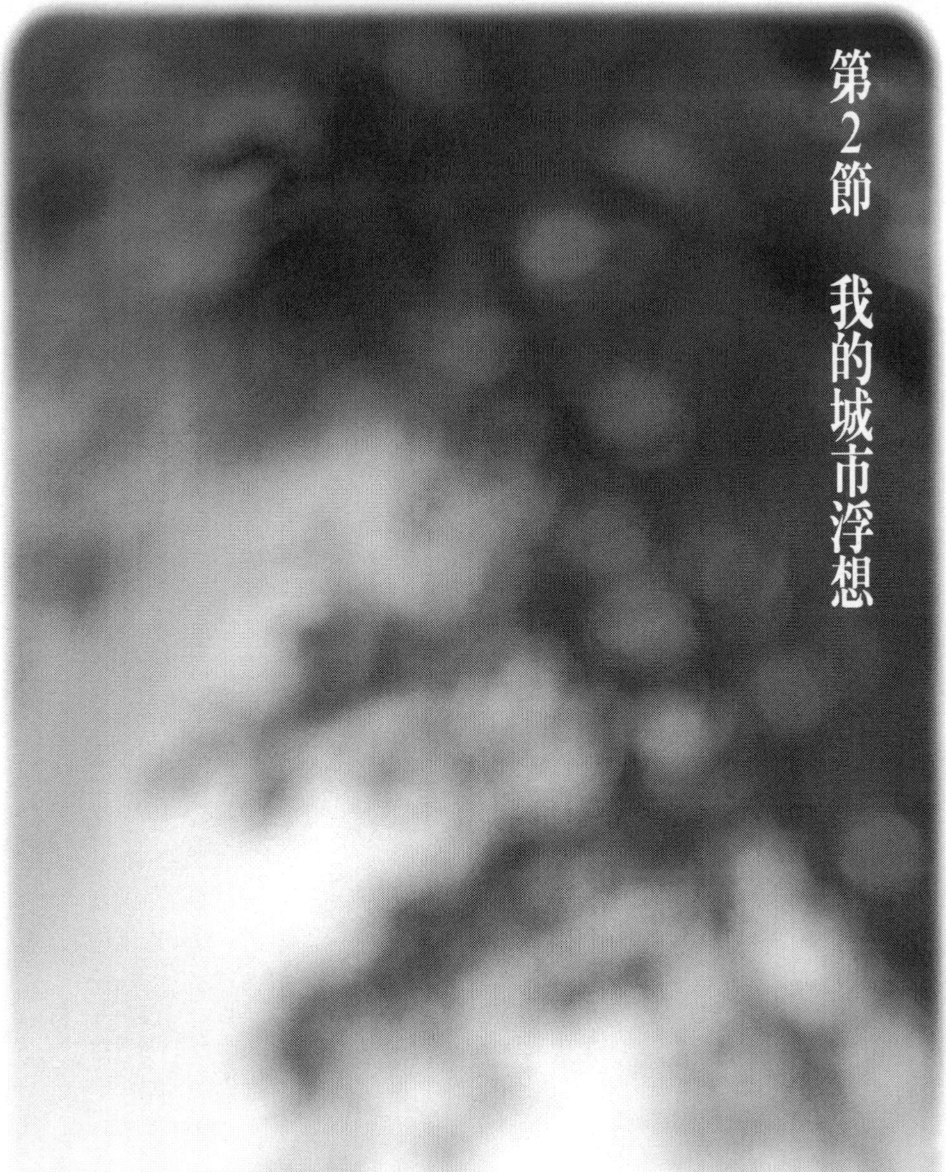

第2節　我的城市浮想

「人氣」的一條河

香港書展那一陣，像條河一樣，行人天橋上川流不息的人群。這條河湍急：從中環廣場到萬麗海景酒店一帶，迎面撲過來、疊過來的人，人身邊還有書，還有書包、書袋、拖曳著的旅行箱。陷在隊伍之中，走起路來困難、連呼吸都感覺困難。

潮水澎湃、洶湧，湧向書展。會展中心裡，幾層樓高的大空間，裝著滿坑滿谷的人。

我覺得慌，好端端地心就慌了。只要靠近那書展會場，就有種心慌慌的感覺。

＊

這感覺向誰說？

身為愛書人，半生的志業也都在鼓吹讀書這件事，書展成了這樣的人氣賣場，應該高興啊。然而，總覺得買書不該這樣——

每個人都在趕，怕晚了，來不及了，到手的書就要被別人搶去了。

或許（心虛地承認吧），這份不安跟自己的記憶有某種相關。從小買書的地方，一間接一間，重慶南路的書店裡，牽著父親的手，逛糖果店一樣，逛過一個書架又一個書架；然後是通宵的敦南誠品，現在又加上凌晨兩點以前的101誠品，找到一處地方站定了，就此隱身在書海中。

感覺上四顧無人，才有了尋寶的快樂。

既然是漫漫長夜，由著一本一本書牽引著你，從這本書牽引到另一本不知名的書。書架上，每一本書似乎都置放在它適當的位置。而這裡鬧哄哄的書展，像是燈市、像是花海，像是撿便宜的地攤，有大海報、有大麥克風，還有大場的簽名會，有某種慌亂，也有某種荒涼。

＊

或許，更要怪自己的個性（心虛地承認吧），在人群裡，一向覺得慌慌的。

像是前一陣，有人找我在網站上新開了個「部落格」。剛掛上去一篇談論足球「世界盃」的文字（是個容易回應的議題吧?），幾個鐘頭之內，居然有驚人的閱讀人次。

想找人抬槓的、想找人瞎扯的、找人交朋友的、想找人賣東西的，——立即著慌了，心裡想著退縮（退縮的那個內在自己現身了），覺得萬人如海，迎面而來的力道太驚人（叫作「群眾」嗎?），轉身逃開好不好?——想要撤，想要取消自己的「部落格」。

我做作者，等待的是在文字的孤寂角落遇上了知心讀者，而我做讀者，也在默默尋覓千里外靈犀相通的作者，即使隔著時間的長河（啊啊，即使死生異地……），突然地相遇了、突然地相知了（啊啊，我在說什麼，我始終在說閱讀的樂趣嗎？……）但在「部落格」的人海中，在霎時湧入的人潮裡，是……更容易？不不，其實是……更不容易，碰上那位應該遇見的人。

符咒香港

在香港島，出了香港仔隧道，車行在黃泥涌道上，馬路緊靠墳場，墳場門口正是這條黃泥涌道。墳場門兩側，斗大字的對聯：

今夕吾軀歸故土
他朝君體也相同

提醒嗎？勸善嗎？……一個一個大字，清楚刻在那裡。像人生的毫無退路，這麼照眼即來。

每次經過，都分不清這路旁的對聯在冷著眼警世？還是在嬉笑著玩世？若是斜風細雨中望見，灰沉的天色底下，有時候，也覺得一絲絲淒涼。

隔著陸橋，對面是匯集了多少發財願望的跑馬場。沿著這邊馬路，一路上：「有骨氣」火鍋店、「理想空間」寢具店，商家外牆漆著瑞士名錶的大廣告，櫥窗上黏著「歲末大減價」的海報……香港人正熙熙攘攘，過小市民的日子。

＊

我們華人最迷信文字，總覺得文字有符咒功能。

年節時尤其明顯。

貼個「福」字，把它倒過來，「福」，真到了。紅紙上四個字「迎春接福」，以為這樣就能夠迎來春氣。「爆竹一聲除舊歲」？看看那幾個字，再聽到鞭炮聲，果然，千門萬戶都在換新衣裳！

有時候，竟然還……連續動作：若是遇上「抬頭見喜」，腦門一陣熱，這分秒，覺得自己撞到了「喜」。

比起來，英文黏糊密麻，糊里糊塗就連成一氣。不像我們的方塊字，一個個正大方圓，書法可以寫得筆酣墨飽。

進入寺廟，柱子上的楹聯，瞪著也心裡凜然。踏入這裡香港望族的宗祠，匾的橫批是「欽點」：「欽點」兩個字，筆力萬鈞，罩在「翰林院庶吉士」匾上，頗有從天而降的神威。

＊

在香港，許多地方其實相當守舊。豪宅、民居、或者改建的村屋，總找得到幾戶傳統人家，還把傳子傳孫的家訓刻在門兩旁。像是鐫石為盟，讓人記起周策縱先生寫蔡孑民之墓，那首詩的結尾一句：「這頑石華人永永遠遠索隱於海外孤島」。

頑石華人，總想要靠文字來點醒後人，但文字符咒，看熟了是不是也趨於平常？

既然「他日君體也相同」，走進「有骨氣」，叫個冬蔭功火鍋，先祭一祭自己身體的五臟廟吧！

「風流」與「折墜」

車過香港仔隧道，隔黃泥涌道：一邊是肩碰肩的墳場，一邊是綠油油的賽馬場，再過去，舉頭是超大尺寸的廣告：美鑽裸胸，海報上還有「連卡佛」百貨的夏季減價。

墳場與馬場的比鄰，固然是香港的地勢使然，卻有說不出的諧趣。尤其「跑馬地」的英文直譯叫作「快活谷」（HAPPY VALLEY），怎麼樣快活，才能夠快活到底？——陰陽殊途卻又同歸，寓含著多少人生況味！

墳場的住戶果然也充滿現世性。與香港墳場連在一起的是天主教墳場，天主教墳場中，最著名的房客當屬盛年就香消玉殞的影星林黛。靠近皇后大道東，另一端則是回教墳場。轉角處，麗都酒店樓上，開張了京味餐廳「大宅門」。聽它這名字多逗，說的恰恰也是地緣關係：這裡生死一線，墳場本是最大的「宅門」。

也許香港的幅員狹窄，無所躲藏，擡在一起，便顯出發人深省（讓人莞爾？）的現世性。而這種可堪回味的現世性，原本深植在此地世故的語言裡。

當年（已經是當年啦？），梁錦松還是財爺（香港叫財政司長「財爺」），對我是第一次，聽他把「風流」與「折墮」放在一起。他文謅謅一個人，下台前頗有自況意味地説出：「有噤耐風流，有噤耐折墮」（注），普通話沒有這樣的説法，聽著像廣東大戲的唸白，音節鏘鏘然，頗有韻味。

那個「折墮」，對我這母語不是廣東話的人，聽音説故事，聽著聽著，一時多少滄桑。眼前好似還有畫面：一隻翅鳥，撲撲嗤嗤，聽得見羽毛在空氣裡翻騰的聲音，即使聽不明白，彷彿看見了「折墮」的動作。

音聲等於色相，廣東話出自口腔周折之處，音調上先天就充滿動感。像是也靠動作來輔助意思的俗語：「人走茶涼」，簡單明瞭的四個字，普通話找不到，參透了世間事的現實辛酸。

亦因為語言裡無處不在的機鋒？香港這地方，原是smart……卻稍嫌涼薄的地方。

*

有噤耐風流，有噤耐折墮，食衣住行都碰得到，我怎麼樣也都逃不了。

就在昨晚上，吃飯在一處叫「陽明山莊」的地方，捲起來的布幔窗簾，窗子對著窗子，對面是另一棟樓的大片玻璃。映在玻璃上，幻燈似的活動人影，應屬山莊的健身房。貼著窗一排器械，腳踏車與跑步機：人在上面毫不停歇。重錘舉起放下，決絕地甩掉贅肉。

這邊廂，醬油膏、白沙糖、脆皮乳豬。乳豬皮下一層白色的油脂，肥肥滿滿，入口即化，筷子移向口裡，空隙中抬頭，玻璃上趴趴走的運動人影：吃得愈多、跑得愈快？還是跑得愈快、吃得愈多？總之是那邊廂愈大步跑，這邊廂愈大口吃。腦海裡浮起我過耳難忘的那句廣東話，你要「風流」？還是「折墜」？

斯時斯地，這麼樣無所躲藏。

（注）意思是：怎麼樣種，就怎麼樣收；怎麼樣的揮霍，就有怎麼樣的下場。

貝婁與香港

索爾貝婁（Saul Bellow）死了。

一位作家之死，得過諾貝爾獎的重要作家，在香港社會卻無聲無息，引不起任何興趣。都怪他的小說情節稀微，結局平常，而有大量的內心活動。貝婁是不適合拍電影的小說家。

貝婁的作品充斥著對話與獨白。說不定跟猶太人跟上帝喃喃自語的習慣有關（想想伍迪艾倫就知道了）。譬如這一段，出自他最好的小說之一《何索》（Herzog）。這本書描寫知識分子的各種困境，以下一段像書裡的任何段落一樣，沒有曲折情節，只有家居日常。何索與預產期快到的妻子瑪德琳在一起，瑪德琳習慣性地對丈夫囉唆：「你可以帶你的黑格爾一道到城裡去，反正你幾個月來也沒有摸過書了。你整個寫作計畫，從頭到尾不過是瞎鬧，你看你的筆記，這一堆，那一疊，真想不到你是這樣沒有組織能力的人。你比有毒癮的毒蟲也好不了多少，一腦子不切實際。總之見你媽的黑格爾的鬼。這房子需要四個傭人才能打掃，你卻要我一個人來理家。」

被懷孕的妻子唸叨，也反映出知識分子在現實裡的無能為力。

對索爾貝婁，每本小說都在寫自傳。他自己的人生，前後五次婚姻，總在與女人的關係之中沉淪，自責，分手，然後再次沉淪。他甚至不知道該選怎麼樣的女人為偶：重肉體？還是重精神？或者繼續追求不可能企及的靈肉合一？像上面提到的女主人翁瑪德琳，她自己也是知識分子，因此與男主人翁何索的相處磕磕碰碰，那是存在於兩個知識分子間的必然矛盾、必然競爭（任何有過這種關係的人，都知道貝婁所描寫的無解情境）。

但在香港，想起索爾貝婁是很奇怪的事。

在這裡，讀貝婁真像時空錯亂。貝婁所關心的，乃是知識分子面對現實潮流的無力感，他寫每本小說，都在探索物質文明世界的荒蕪性。在這個亮得耀眼的金融都市，哪有這種孤寂之感？眼前金錢堆砌出來的聲光畫面就是唯一的真實，這件事毋庸置疑：沒有人存著任何懷疑。

不只在香港，其實在臺灣，或在任何東亞地方，讀貝婁都有點吃力。凡是儒家思想（或稱俗世化儒家）浸潤的地方，對個人存在的相關問題，一般來說，常被認為是毋須耗費心神的玄想。

它不用求解。

＊

在香港的日子，有時候，我會自然地拿起毛姆（Somerset Maugham）來重讀。毛姆喜歡寫愛欲情仇，寫人性中的小奸小壞，他也深悉殖民社會的虛張聲勢。毛姆說故事，注重情節（毛姆曾經自述寫作原委，他認為作家只寫按時上班、與妻子吵架、喝果菜汁，那是不夠的），然後情節急轉直下，收尾時就有了立即的解決，毛姆的小說結局是通篇的高潮所在。

貝婁不似毛姆。貝婁的小說無始無終，到了結尾仍沒有解決任何問題（人生啊這個怎麼回事的人生……）。在毛姆的標準中，說不定，貝婁正是那種不厭其煩地描寫按時上班、與妻子吵架的無趣作者。

兩位作者都有幽默感，也是截然不同的幽默。毛姆的幽默沾著點尖刻（同時帶著點悲憫）。至於貝婁的幽默，純屬黑色幽默，飽含深沉到深不見底的天問。

WTO現場筆記

我在「會展中心」，WTO部長級會議的所在地。

剛才穿過森嚴的警戒，把從臺灣到香港的代表送進會場。他們是專業的財經官員，到此參加大會的開幕式。然後我快速離開，電扶梯一路下降，與各國與會人士打個照面。他們上升，我在下降，扶梯上的臉孔嚴肅而漠然，沒有人有喜色，當然，也沒有憂色。

只是面無表情。

回到辦公室，望著窗外覺得坐不住，難道是殘留的記憶？身體裡躁動不安的存留物？下個分秒，我很容易就說服自己，對啊，可不是，場外的抗爭與場內的大會一樣需要關注：換上輕便的鞋子，下樓，穿過拒馬，穿過盾牌，穿過鐵絲網，穿過一層層鎮暴警察，一路小跑步，上天橋，下天橋，橫過淨空的警戒線，終於跑進另一邊，混入潮水一樣的抗議人群。

＊

那裡靠海，是遊行路線的終點，運動團體正在臺上唱歌、呼口號。有人鼓譟，有人錄影，有人隨地坐下，對著筆記型電腦發稿。遊行隊伍逐漸密合聚攏。示威者突然跳下海，撲通撲通，一個接一個，黑蒼蒼的農民面孔，身上繞著橘紅色的救生衣，海水裡還在奮力呼口號，間歇性地振臂高呼：Down Down WTO、Sink WTO。想用身軀證明什麼？抵擋什麼？還是旨在擺出游向WTO的徒然姿勢？……不遠處，代表們開會的「會展中心」，比起水裡小小的身影，像龐然巨物的萬年海龜。

岸上的同志一起揮舞手臂，為海水裡的泳者加油打氣。對的，空氣中感覺得到共振，氣體分子的劇烈運動。現場暖烘烘的震盪，臉上漾著熱流，見面就是有力的擁抱，讓人誤以為世界還很年輕，世界還來得及改變……

*

運動場中，火勢熊熊，正焚燒一具鮮花棺材。木柴燒完，衝突一觸即發。煙硝味裡，我提醒自己，我要回到辦公大樓裡上班。這一瞬，自己的角色是觀察，但一邊在觀察，心裡卻成了入戲的觀眾：心甘情願想要加進去，成為集體的一部分。米蘭．昆德拉在《生命中不能承受之輕》寫過，人人都憧憬「偉大的進軍」，但浪漫之餘，冷靜腦袋想一想，這個世界或者比徒手抗爭來得更錯綜複雜：全球化與反全球化，或者說，會場裡與會場外，這一邊與那一邊，又能夠黑與白的一刀切割嗎？

知道這些道理，但我仍然被現場的氣氛撩撥。我站在哪一邊？然而，我怎麼可能站在另一邊？

——之後，警察開始強力驅離，我被趕到馬帥道上，原來是汽車專用的上升天橋，這下午再沒有車流。天色有點藍有點灰，向晚的氣溫轉寒，突然有一刹那的幻覺：行人占領了大馬路，大馬路屬於臉上紅通通熱烘烘的異議者。

性感的城市？

在這個季節，滿城的男人都是好男人。

聖誕小燈閃爍著，溫文的香港男人，緊拖著女人的手，另一隻手裡，大包小包的聖誕禮物。溜出去抽根菸？偷眼看鑽石胸針，悄悄包給祕密情人？對大多數男人，想也不敢想。

香港女人身邊的香港男人，有一種目不斜（邪？）視的「家規」。

一會，我的眼睛又瀏覽著女人。一般來說，香港女人穿衣服是很OK的（比臺灣的女人得體、合宜），像這個商場裡，女人穿衣服講求做工、考究質地，卻有一種好女人的拘謹。沒有人願意把衣服當作畫布，表現自己的想像力；更沒有人大膽到展露衣服裡頭的身體（不是胸線、不是肩線，不是剪裁的曲線，我說的是……火一樣可以點燃或者水一樣可以流動的身體），換句話說，沒有女人肯當街承認：自己是一個與眾不同的叛逆女人。

衣服，穿在女人身上，經常只是名牌的展示空間。

＊

如果我說，這城市的男女不是那麼性感，或者說，不敢展現自己的性感，我這麼說，會不會干犯眾怒？

其實，已經這麼說了。用英文，《南華早報》的記者做專訪。在報紙上，他們下的標題是：Sexiness and the city。這標題太客氣，與我在專訪中說的內容不同，準確的標題應該是：Sexless and the city。

拘謹的男人與拘謹的女人，遇在一起，他們成了家。如果我要開始寫一個香港故事，我會這樣起頭吧。在這個城市裡，戀愛為了結婚，結婚為了成家（生BB？），於是，連做愛也像是例行公事，只為了負責、只為了盡職，只為辦該辦的事（唉，我簡直不能夠忍受，有人用「辦事」形容做愛），我看著來來往往的男女，連買聖誕禮物，都像是在備辦必須備辦的東西。

＊

站在人擠人的購物商場，很奇異地，我想起臺灣的城鎮，這樣的冬日，聖誕氣氛不若香港濃厚，但此刻的夜色，第二攤應該快開始了：男人帶著酒意，勾肩搭背橫行在街上，那樣的臺灣男人，粗俗是有，卻也多出些野氣、多出些奇異的性感。

我想，我在意的終究還是女人，我喜歡看著眉梢帶著風情的女人。說來說去，我抱怨的，其實是香港女人少了那麼點風情，她們太規矩、太矜持，太在乎自己好女人的身分，對我的眼睛而言，都不是我的小說人物，也就很難勾起連番想像的趣味。

情迷祖莉亞

星期六晚上，為什麼這家電影院那麼冷清？《情迷祖莉亞》（*Being Julia*，臺譯《縱情天后》）正在院線上片，明明是好看的電影，觀眾卻不甚捧場。

安妮特班寧（**Annette Bening**）飾演女主角 **Julia Lambert**。在臺上、在後臺，鏡子裡的她、臉上白白一層卸妝油的她，從小男人痴戀的大明星，到乞求小男人回頭的老女人，安妮特班寧演得精采。

除了跟情人、丈夫之間的對手戲，作為母親與兒子的拉鋸更考驗演技。我也喜歡看女主角跟貼身僕婦相處的戲份，安妮特班寧的眼神隨時像個小女孩似的撒嬌撒賴。還有，最精采的劇終那一幕，為了報復，為了舞臺上比現實人世更真實的真實，她剛才在首演之夜施出渾身解數。但現在她坐進餐廳，一個人，自己給自己的慶功宴上寧可沒有別人。別人怎麼明白她心裡的滋味？

單單看安妮特班寧的演出已經值回票價。燦爛過後，風華過後，安妮特班寧不再是青春豔星。戲裡戲外，婚姻事業，接下去怎麼走？可不正是這位女明星深心的感觸？

＊

金鐘的電影院，週六晚場，一排排都是空位。散場時候我數數，大戲院裡小貓十幾隻，我居然看見了幾個朋友。

真的物以類聚，觀眾的四分之一，都是認識的人。

這電影不像周星馳的賣座片：咯咯笑的直接反應。《情迷祖莉亞》需要細嚼慢嚥。回味之中，《情迷祖莉亞》的對白充滿機鋒，由毛姆（W. Somerset Maugham）小說改編而成，隨處是剔皮見骨的深刻幽默。

安妮特班寧在戲裡也常常抿著嘴笑，她笑容其實有點苦、有點淒涼、有點神經質，有時候她也笑得很明朗，笑得肆無忌憚，而笑聲裡仍然傳遞著某種脆弱，一碰就要碎了的脆弱吧。

安妮特班寧的眼睛仍然會放電，但放得……有些心虛。

演技派成熟女演員所表現的，不也是每一個美麗女人在歲月裡的處境？

＊

我還是要追問，戲院裡的觀眾怎麼那樣少？

這是一部屬於成熟女人的電影。

華人社會，美其名是敬老的社會，其實，也是厭老的社會。尤其對女性，年齡可不是她與時俱進的價值。正因為華人社會裡，女人的價值始終在她提供的功能：做妻子、做母親，都是奉獻的角色。這種封建思惟之下，不再年輕的女人——以及不再年輕的女演員——自然就失去了市場價值。

然而，張愛玲……

在香港，某一個分秒，張愛玲會出現在身側。

不是她，就是她書中的字句。

走出太平山纜車站，在山頂道上閒走，旁邊濃蔭裡露出白色的屋頂，牆頭朵朵碗大的花，偶爾還傳出似乎是珍禽的鳴叫聲，我會想著張愛玲小說中的描述：「山腰裡這棟房子是流線型的，幾何圖案式的構造，……『然而』屋頂卻蓋著一層仿古的碧色琉璃瓦。」有時候去這裡的有錢人家做客，轉過車道，穿越水池，摁門鈴，站進人家的玄關，我等著的是「裡面是立體化的西式布置，『但是』也有幾件雅俗共賞的中國擺飾。」

兩段引文都出自張愛玲的短篇小說〈第一爐香〉，尤其有趣的是其中的參差對照。張愛玲是最會用對比的一位作者，東西方在建築與裝潢上的碰撞，和諧中的突兀感，她都看在眼裡，轉折點正是引文中我打了雙框的「然而」、「但是」。

關鍵在於她清亮的眼睛。

*

張愛玲住過香港三次。

第一次到香港是一九三九年。她因為歐戰爆發不能夠去倫敦大學，改入香港大學。住聖母堂女子宿舍，今天的香港島寶珊道八號。

第二次是五〇年代，一九二二年從深圳過來香港，一九五五年搭「克里夫蘭總統號」油輪赴美。

第三次，一九六一年十月到一九六二年三月，她在香港住了五個月。

第一次到香港，她還年輕，儘管物質缺乏，寫作正待開展，人生尚有許多餘裕。第二次與第三次，對張愛玲，寫作過了高峰期，經濟情況則每況愈下。

香港，恰恰又是……最讓人知道錢有多少用處的地方。

*

錢對張愛玲始終是個折磨。

零星的資料信件指出：一九六二年初，她第三次到香港期間，進帳尤其不順利。埋首寫作劇本為的是錢，劇本稿酬卻遲遲拿不下來。之前美國丈夫賴雅突然發病，她苦於沒有路費、愁著不能夠帶錢回家，來香港只為了多賺點錢。

那時候，她一心想賺錢。窩在小公寓的一間屋裡，寫些不稱心的劇本也無妨。天冷了，她需要添厚衣服，錢怎麼算都不夠用。鞋子不合腳，也捨不得買新鞋，準備等農曆年大減價再去撿便宜。

現實的煎逼之下，她眼睛裡，還煥發著當年的神采嗎？還看得出尋常事物中那種參差？

年前的這一天，我翻開香港報章，有各種迎春送舊的名目，宴會上盡是富貴逼人的儷影。然而，也是這個季節，我想起穿著不合腳鞋子的張愛玲。

然而、然而，也是一種「然而」。

二〇二〇・中環廣場

幾個人，時而交頭接耳，貼近窗子站著。

我的公司在四十九樓，而這幾個人的聚會場所，就在底下三層。四十六樓，是換乘電梯再往上的樓層，有三百六十度的迴廊空間。禁菸的年代來臨前，曾經是觀光客免費觀景的好地方。

四十六層，落地窗旁邊，幾個人望著遠方，緊靠玻璃。感覺上，恨不得把自己壓縮進玻璃裡去。

行人在這裡換電梯，那些上班族一定讓他們很不安。他們的手裡有夾藏，換電梯的人朝他們多看幾眼，窗邊的人哆嗦著一陣躲閃。萬一有人去告密，怎麼辦？……明知道這裡不甚安全，我猜他們無路可去。

辦公室，早就明列為禁菸場所。外面港灣道上，站著牽獵狗的荷槍警察。

＊

我在四十六層換電梯時，望見我的朋友老范。

「這幾天濕度大，什麼也看不見？」我湊過去，丟個天氣話題，不至於引起他的驚疑。

外面一片霧濛濛，我假裝望向窗外。他嘆口氣，口袋裡掏了半天，掏出一張半透明的薄紙，窩在手心裡捲。他蘸蘸口水，把得來不易的菸草捲進去。我真想出聲問他：「逃得走嗎？下面怎麼辦？」網路上又發布消息，這次要趕盡殺絕，如果立刻自首，交出同黨、招供私菸通路，才免除死刑。

老范就在這棟樓裡上班，一家產險公司的總經理，卻因為拒絕在二〇二〇年這全面禁菸令的最後時限屈從，這幾個星期，把自己弄成眼前的憔悴模樣。事實上，窩藏在這裡是不壞的主意：一來地頭熟，老范知道有幾部電梯可以隨時閃人；二來，四十六層上不著天、下不著地，既不是辦公室，又不是戶外空地，法律的漏洞吧，我猜，暫時沒有法條可以管。

其他人，我猜，都是跟著老范才躲到這裡。

以前聊天打屁時他好像提過，想早早移民去歐洲。現在晚了。全面禁菸令頒布之後，頑抗的人像過街老鼠。我猜他換不到護照，國際警網已經串了起來，出境比登天還要難。據說只有在什麼法國瑞士義大利三不管的偏僻山村，還有幾間繼續出貨的地下菸廠。

也許在歐洲，也許在其他地方，總之，不在執法特嚴的香港。

形。

＊

某一天我搭電梯上樓，樓層都是衝鼻的瓦斯味。欄杆圍了幾圈，滿地玻璃渣，排排站著武裝警察。遠遠地看，玻璃上一個破碎的人形。

我知道：老范已經逃出去，在可以抽菸的地方，繼續吞雲吐霧。

（注）如果您路經香港，來到灣仔港灣道的中環廣場，電梯上去四十六樓，便可以印證以上……純屬虛構的未來景象。

第3節 我的香江故事

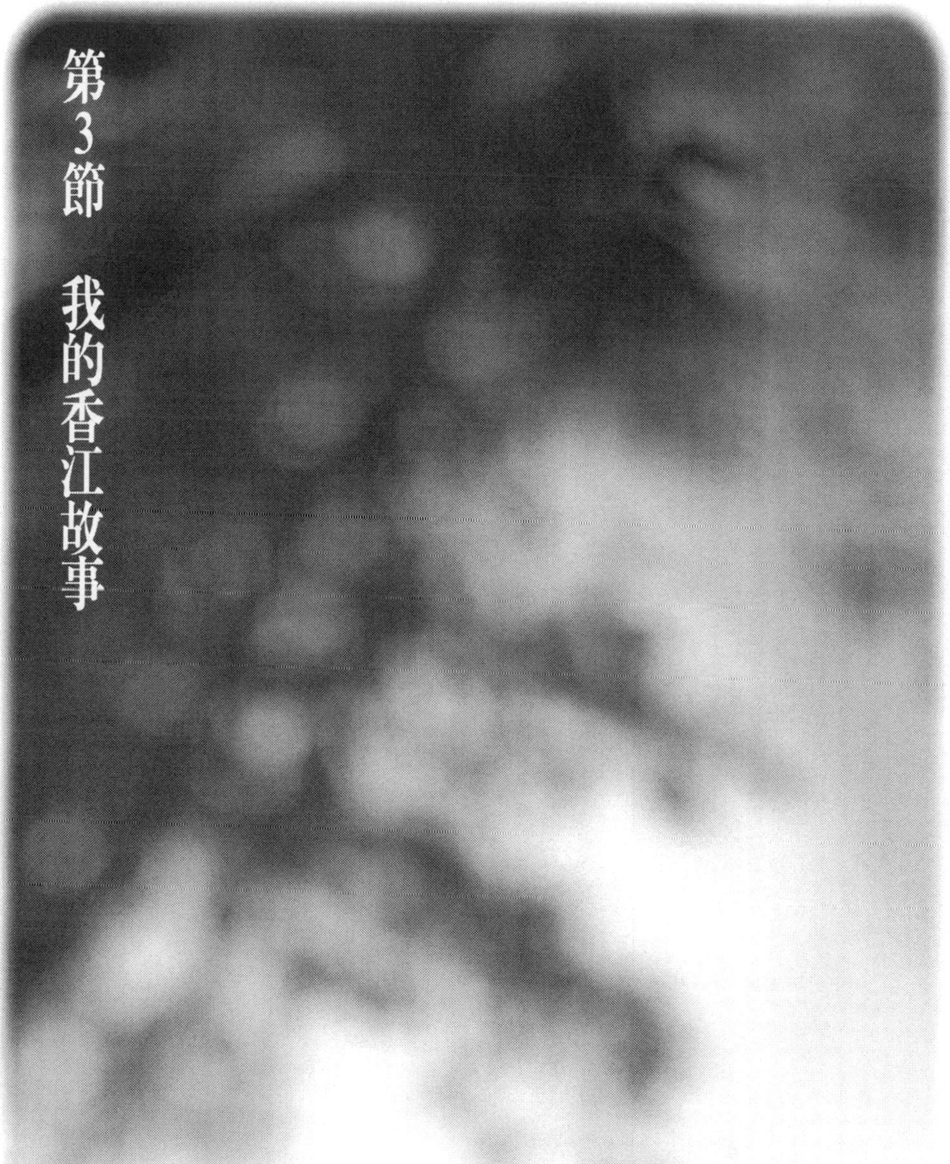

城市與……作家

閒來，在香港，我喜歡按圖索驥。

從中環往半山，沿著羅便臣道，一棟棟數過去。過了「雍景臺」、過了「羅便臣道八十號」，快到了，簡直是屏著氣，果然，就在這裡——

死巷盡頭處一個大院子，一二五號。

我的心撲撲跳呢，果然，還是像一九三〇、一九四〇年代的光景：「一二五號在這條道最西端的一個巷子裡，向西沒有路，……也就沒有來往的車輛行人穿梭，環境十分幽靜。」

環境仍然幽靜，但走進院子，裡面怎麼變成了幾棟公寓高樓？現在，這裡叫作「景翠園」。大樓管理員指來指去，告訴我「新鴻基地產」曾經在這裡大興土木，想來是拆了又起高樓。當年，根據我讀到的資料，一二五號與同院子的一二七號應該是兩棟乳白色的、兩層樓高的洋房，每棟樓二十個房間，前面有些樹，還有個大花園。

我難免有些悵惘，好在，外面的地貌沒改變太多：大院北面的地勢仍然很低窪，就像當年，從許先生客廳的北面窗戶，「俯視可以看見香港大學中文系鄧志昂樓，……到晚上，還可以看見荔枝角一帶公路上的汽車燈光。」

＊

哪裡是他讀書寫字的「面壁齋」？一九四一年八月四日，哪裡擺著那一天心臟病發作的那張床？……站在院子裡，我想著哪裡還保存有當年生活的點滴？

許地山，寫過〈落花生〉的新文學作家。在兩岸三地之間，許地山的經歷很特殊。他一八九四年生於臺灣臺南，三歲時去到大陸，青年時代在北京遇上五四運動。一九三五年到香港，在香港大學擔任中文學院院長。許地山在學術領域中出經入史，佛釋道都有鑽研。人生的最後幾年，一九三五到一九四一年港大期間，他就住在羅便臣道一二五號。

我試著想像當年的光景：客廳牆上掛著幾幅字畫，窗簾是許太太親手做的，上面有綠松與白雲圖案。他們夫妻很恩愛，許先生對朋友特別熱情，他家的長沙發隨時拉開成一張雙人床，我確定畫家徐悲鴻在他家借住過，梁漱溟先生當年來香港辦《光明報》，也在沙發床上睡了很長時間。黃昏時刻，瞇著眼，站在一二五號的院子裡，我彷佛望見他家客廳漸次亮起的燈光，人聲嗡嗡地，包括端木蕻良、蕭紅等都是座上客吧。閒暇時除了文人往來，許先生寫舊詩、練書法，他亦喜歡跟孩子們講故事。許先生又特別愛花木，客廳東南的陽臺是他養花的地方。其中，根據他公子的記述，「最特別的是一株長在一塊樹幹切片上的吊蘭，是一個朋友從故鄉臺灣帶來的」，據說許先生常痴望著那株吊蘭，會不會在思念出生的地方？

許地山的生平，正是知識分子在兩岸三地間浮游的一則故事。其實，稍微一點追溯工夫，就可以讓許多事宛然如昨。除了許先生自己筆下的文字，當年他居家的一些細節，他公子周苓仲都有記述，出現在一本今年初版的新書（注）裡。此後多了這本傳記，說不定，就會引來像我一樣的有心人。在香港，除了港大應該留存下許先生的手澤，而我站著的地方，一二五號的現址，牆上如果嵌上一塊小小的木牌子，寫幾句許先生的生平，或者引一段他的作品，其實是很有意思的刻痕。

老房子總是隨人拆遷，成了地產項目，難道人的故事就這樣蕩然無存？我在走下來的坡地上一路叨唸。

（注）余思牧先生所寫傳記：叫作《作家許地山》。香港利文出版社，二〇〇五年出版。

城市與……刻痕

朋友們來到香港，自己嘴裡總在咕咕嚕嚕，像是饒舌的業餘導遊。沿路對他們講香港的故事。在香港島，經過「灣仔」地標旁邊，手比劃著，常會停頓下來，舌頭突然打結了：閃銀的金屬板上，鐫刻的是「衛生、健康、活力」。有點納悶，也有點無從解釋，怎麼會用「衛生」？「衛生」其實是現代化都市的必要條件。何必特別標榜？環境衛生屬於最基本的居住要求，不用拿來大書特書。很難想像，如果倫敦、紐約、巴黎的某一區，介紹本地的特色是「衛生」。

*

香港作為國際都會，大多數時候信心滿滿，偶爾，我強調偶爾，露出一塊小小的馬腳。

為什麼將「衛生」放在招牌上，從殖民史來看，猜也猜得出一些端倪。原來在當時，香港割讓給英國之後，華洋差異看在洋人眼裡，衛生條件最讓英國人驚心。譬如說，一八六〇年間，港督羅便臣（**Sr. William Robinson**）頭疼的問題之一，正是這裡華人的居住環境太不衛生，那時候，疫病容易流行，也會傳染給英國人。偏偏在他任內，衛生局長哈蘭醫生（Dr. Harland）就死於疫病。後來，羅便臣在香港成立了「公共衛生委員會」。

一八七〇年間，換成港督軒尼詩治港。那時候，雖然說洋人有自己的活動範圍，當華人房舍漸漸逼近英軍軍營，駐軍司令唐諾萬將軍（General Donovan）就趕緊提出警告：「華人在視覺、聽覺與嗅覺上的表現，都不適宜與歐洲人為鄰。」

衛生與不衛生，代表殖民者與被殖民者不可跨越的鴻溝。

接下去到寶雲總督，他向立法局提出一項衛生修正法案，準備設立「潔淨局」（Sanitary Board），試圖授權該局檢查民房，強制執行華人聚居地的消毒工作。再下來的德輔總督，施政難題還是在改善衛生項目，推行稠密住宅區的改建工程。

每一任總督都要對付華人的衛生環境。

偏偏瘟疫不時發作。倫敦派了專家來，同時還請來日本的細菌學者，終於建立了瘟疫流行與老鼠帶原的關係。據史話上寫著，一九〇八年起，香港馬路旁電線桿上掛著盛火油的鐵箱，讓居民把死老鼠丟進箱子裡。

*

跟殖民的歷史有關係嗎？跟疫病的記憶有關係嗎？我胡亂想著，閃銀的金屬板上，為什麼選擇「衛生」來形容自己？

「衛生」，當年代表的是現代化，對殖民地上的被殖民者而言，乃是一個自我肯定的重要指標，也因此在自我認知上留下特別深的一道刻痕。

羅便臣道、軒尼詩道、寶雲道、德輔道……，有時候，我在港島行山，望著風景像是天然湖泊的水庫（行山時，我經常環繞的大潭水庫，就是寶雲總督任內開始的食水工程），默唸以港督命名的遺址，對於被殖民者與殖民者之間綿長（難以九七斷代切分）的糾結，總有多一層感悟。

城市與……故事

走進去香港醫學博物館，安靜的紅磚樓房，屋瓦長著青苔。小小的藥草庭園，自然就清涼無汗。

上一篇談到鼠疫流行，百多年前的疫病，跟這間博物館的來歷大有關係。我每間展覽室一一走過：當時牙科的椅子、照X光的器械、刑具一般的手術臺……。一八九四年五月八日。婁遜（Dr. J. A. Lowson）醫生在香港發現首宗鼠疫。十日後，港督羅便臣親筆寫信向倫敦報告。博物館的展示空間裡，這封信筆跡工整，細看卻有一點顫動，筆尖傳遞著如許的不安：「過去三個月這可怕的病在廣東爆發，……無疑地，現在從廣東傳來香港……。」

然後，我停住腳，愣看著牆上幾張黑白相片。相片上是瘟疫時期，腦後拖著辮子的苦力搬運馱車上的棺木。短褲裡裸露出小腿，腳踝很細瘦，腳丫平鋪在地下。四位華人苦力搬那具棺木。他們閉著嘴，一句話不說，照片就這麼還原了故事裡的滄桑。

百年能有幾多時？影像原來在說故事。隔著時間的河流，當年的人們，跟二〇〇三年非典（SARS）期間的市民心情一樣驚悸。

*

城市需要故事，故事可以映照古今。以香港這裡做為背景，英文小說拍成電影的有 James Clavell 的 *Noble House*、John Le Carre 的 *The Honorable Schoolboy* 等，Richard Mason《蘇西黃的世界》則是好看的羅曼史。

《蘇西黃的世界》電影中，關家倩在哪裡遇上威廉荷頓？可惜，畫家住的旅館已經拆掉。灣仔的黃昏，我站在街邊仍然一陣怔忡：依稀望見高衩旗袍底下的高跟鞋，就這樣穿出霧色蹬蹬而來。痴想的時候，便可惜灣仔舊址找不到一點線索，告訴我們哪裡是當年攝影機架設的地點。

*

故事可以讓人回味再三、遲遲著腳步不忍遽去。我走進淺水灣酒店，一路在找一三〇號房間。

張愛玲一向細針密線，連房間號碼也給得毫不含糊。「流蘇，你的房間裡看得到月亮嗎？」那是《傾城之戀》小說裡，柳原在一三〇號房間裡說出的傻話。流蘇住一三〇號，徐太太一三一號，柳原應該是牆壁的另一邊。他對著話筒繼續說：「我這邊，窗子下面掉下一枝藤花。也許是玫瑰，也許不是。」

接下去卻碰上戰亂：「淺水灣飯店樓下駐紮著軍隊，……分配給客人的，每餐只有兩塊蘇打餅乾，餓得大家奄奄一息。」

小說緊扣著當年的史實。那一年一九四一，直到十二月七日，跑馬地還在照常賽馬，百貨公司放上聖誕老人，皇后戲院放映的是《英宮十六年》。十二月八日，日本偷襲珍珠港，同時向香港進擊。

張愛玲的《傾城之戀》小說裡寫著：「先兩日淺水灣還算平靜，後來情勢一變，漸漸火熾起來。樓上沒有遮蔽物，……門前堆著沙袋，英國兵就在那裡架起了大砲往外打。……隔著棕櫚樹與噴水池子，子彈穿梭般往來。」

小說中炮火熾烈的時辰應該在十二月二十日？二十一日？應該在那幾天中間吧。真實的史跡裡，十二月二十五日港督就宣布停戰。我認真地替小說推算日期。

吊扇在南洋風味的大廳裡兀自轉著，庭院裡，卻少了一塊牌子讓人靜靜地懷古。我想著該怎麼樣說服業主？留下一面牆，不顯眼的幾句對白，藤花一樣地飄在牆上。或者實際一點，把這段歷史印在酒店的介紹手冊上。應該趕緊做些什麼，就算在商言商，這裡的人文資產，也是獨一無二的觀光賣點。

在更大的破壞到來之前，或許我現在就該去謀職，先說說故事——找一份導覽酒店的義工職吧。

城市與……記憶

曾經在香港大學圖書館做一場「書的講座」（Book Talk），與聽眾分享我寫過的長篇小說《行道天涯》。現場氣氛凝定專注，配合手裡的講義，我緩緩回溯那段神傷的航程。從一張照片開始逆流而上，時值一九二四年十一月三日，地點在神戶碼頭。

那是孫中山此生最後的旅途，小說開頭寫著：「相片中，先生的眼神憂戚，著馬褂棉袍的唐衫，一手拿灰色的氈帽，臉上暮氣深重。……站在先生旁邊的宋氏慶齡頭微微地斜向一側，腳下踩著尖頭細窄高跟的皮靴，……屬於春日凝粧少婦的一抹愁情。」一張照片勝過千言萬語，影像延伸出無限的想像空間。中場時間，有人問起為什麼選擇孫先生為主人翁。我回答，這又是源於對照片的凝望。從小學時，面對大禮堂高懸的國父遺像，牆壁上令人昏昏欲睡的一張臉，不若革命家的飛揚神采。是他？是我們國父嗎？就因為對那張制式照片的懷疑，我笑著說，後來就努力想要找出他的各種樣貌。又因為這個講座剛巧在香港大學圖書館，我話鋒一轉，講到如果還有機會為這本小說再做續篇，我可要從另一張相片開始寫起。

我會選哪一張？就用常見的「四大寇」那張吧。照片攝於香港，地點是雅麗氏醫院。楊鶴齡、孫先生、陳少白、尤列一字排開。相片中的國父英氣過人，左右三人命運各自不同，譬如相片中的楊鶴齡是張娃娃臉，像稚氣未脫的佳公子，很難想像他潦倒坎坷的後半生。那年四個人都才二十郎當歲，正是年少輕狂的日子，國父自己在《孫文學說》中追憶往昔：「不談革命就無以為歡，數年如一日」。

耐人尋味地，相片有另一個版本，四個加一個，變成五個人：關景良（關心焉）站在四人背後，他的右手搭在尤列肩膀上。關景良是國父就讀西醫書院同住宿舍的室友。放在尤列肩膀上的那隻右手，食指與中指分得很開。至於上述四人合照的那個版本，細看的話，尤列肩膀上一片墨黑。喔，這裡是不是露出了馬腳？或者為了湊合「四大寇」的名號，就把關景良的身影悉數勾消？這張相片的日期也有疑義，一種說法攝於西曆一八八八年十月十日，光緒十三年九月初六，日期出自關景良的手記。革命元老馮自由所編的《革命逸史》，則把相片的日期算成一八九二年十月十五日，算做國父西醫書院畢業後數日的留影。

一張照片竟然兩個版本！細看的話，史料中處處是改寫的痕跡。而人的回憶更不可靠，遍布著自以為是的變造。亦因此，當歷史充滿裂隙，小說這種文體才找到以故事介入歷史的角度。簡言之，我在這場講座上重複說的是：孫中山的革命足跡，多處與香港的土地相密合。他的求學歷程，也與香港有千絲萬縷的關連。譬如前面所說的雅麗氏醫院，乃是香港大學前身西醫書院的最前身。由香港聞人何啟所創建，他為紀念愛妻英國貴冑雅麗氏（Alice），以妻子的名字命名醫院（關景良的母親，算是國父的誼母。這位誼母亦是雅麗氏醫院的護士）。若要探討國父與西醫書院恩師康德黎之間的關係，牽連到倫敦蒙難的事實經過、恩師所贈金錶的下落、以及金錶最後由國父贈給陳粹芬的韻聞，……則可以延伸出另一串動聽的故事。

故事裡有狂放不羈的國父、意氣洋洋的國父，眾叛親離的國父、窮途末路的國父……，隨時顯出如同策略家、如同夢想家，有時亦急切反覆如同浪蕩子、如同大膽賭徒在聯日與聯俄間擺盪的多重面貌。重點是：在集體記憶裡，或許由於他悲劇性的逝世、由於英雄末路的北上旅程，他確實是一個容易勾起共同情感（同情心？同理心）的人物。小學時候唱〈國父紀念歌〉，開頭第一句，當「我們國父」這四個字幽幽唱完，想著那個飽受挫折的愛國者，自有某種哀傷的宿命之感，接下去：「我們國父，首創革命，革命血如花。」詞曲中流露著說不出的盪氣迴腸。

＊

複雜的身世，其實是專屬於香港這城市的資產。被殖民的歷史飽含滄桑，這個混血的過去，正面地看，豐富了一個城市的文化意涵。

孫中山先生的背景也是如此，或者是時代的必然，或者他所處的地理位置使然：年少的他像海綿一樣吸收新知。孫先生自己在一八九六年的自述寫下：「志窺遠大，性慕新奇，故所學多駁雜不純。」因為性慕新奇，他的學說中不乏快速的拼貼。聽聽他自己說的：「於中學則好三代兩漢之文，於西學則雅癖達文之道。」有時候甚至饑不擇食，什麼歧義的東西都一爐共冶，到頭來，端出了一盤什錦雜燴：「至於宗教則崇耶穌，於人則仰中華之湯武暨美國華盛頓焉」。亦因為這樣，「我們國父」儼然成為華人世界的公分母，從他身上，各種討論都能夠找到切入點與接合點。

我在這場講座中說道：應該讓香港人特別感到驕傲的是，國父始終自認為本身的革命思想，來自香港。一九二三年在香港大學，據國父自己說，「我之思想發源地即為香港。」語氣爽利，斬釘截鐵，殆無疑義。除了思想發源，爾後的革命生涯也環繞著香港：從創立興中會，到辛亥革命成功，十八年間，香港一直是他革命活動的大本營。當年在此地做集合、連絡、補給、籌款的工作，同時製炸彈、辦報紙，行蹤遍布全島。〈國父紀念歌〉裡「推翻了專制」，「建立了共和」，夢想實現的每一步，在這裡亦步亦趨走過。

正因為孫中山先生跟香港的密切關係，我便建議說，香港人大可以把孫中山「據為己有」呢！既然他是兩岸三地乃至整個亞洲社會都可以接受的人物，把孫中山變成香港的圖騰之一，突出香港的特色好不好？即以觀光標誌來說：印在T恤上、印在茶杯上，說不定都是熱騰騰的賣點。

過去港英時代為什麼不這麼做？其中取捨，或者關乎英國人的各種政治算計，或者牽涉到當年中英之間的政治角力，總之，人們習於在政治框架前讓步，輕易讓政治思惟來凌駕文化意義。一九九七之後，時移勢轉，果然又有人在香港的區議會中「適時」提議，要把香港動植物公園內具有殖民色彩的英皇喬治六世銅像搬走（亦有人建議不必搬走，就地將喬治六世棄置在園內兩個馬騮籠之間），換上孫中山銅像。

文化的角度來看，尊崇孫中山固然好，倒不必急著汰舊換新，目前的香港，還有許多富有紀念意義的史蹟亟待修復。所謂的「中山史蹟徑」，壓克力的硬版鋁柱，指向一處處面目全非的建築物，很難發思古之幽情。史蹟徑上諸多地點標示不清，真要按圖索驥，外地遊人如入五里霧中。豈只徑上過客，即使鄰近人家，亦不知周遭房舍在近代史的獨特意義。

史蹟徑集中在香港島，更淒慘的是新界一處「紅樓」舊址。「紅樓」在屯門青山東南麓，地處一隅，當年山遙林密，作為革命基地，易以避人耳目。農場後面，應有一座貯存軍械與炸藥的窖庫。左邊山坡，當年設置過練習射擊的靶場。另外連接著一條密道，通至可以出海的稔灣。以我自己數次探訪的經驗為例。公路上來回周折，不見荒村何在。即使近在眼前，沒有清楚的標示，去路遮蔽在老樹濃蔭中。後來，穿越一處飼馬場，小徑曲行，才看見那棟破敗的紅磚二層高洋樓。斑駁的牆、破損的窗玻璃、鐵皮屋頂插著電視天線，想要推門進去，被居民大聲斥退。四周蔓草叢生，早已無人打理。

當年樓前應該還有一方淡水池塘。據羅香林教授四五十年前為「紅樓」做的注記：

「惟此青山農場，已轉售於人。今且聞有業主數人矣。」

多可惜，就這樣繼續荒廢著。

我在那場書的講座中結論道：香港與孫中山，在文化意義上，這二者可以互相體現。不妨以孫中山做為「具象化」（embodiment）香港的標誌人物之一，恰恰是推銷香港這項「產品」所亟需要的「內容」（contents）。正因為香港用以做為「內容」的人文特色太缺乏，只在商業形象上打造高度，造出了摩天樓的現代都會，也很容易被後起城市的高度蓋過。

國家圖書館出版品預行編目資料

浪漫不浪漫 / 平路著；
-- 初版. -- 臺北市：聯合文學, 2007
336面；14.8×21公分. -- (平路作品集1;聯合文叢396)

ISBN 978-957-522-709-8(平裝)

855 96011951

聯合文叢◎平路作品集① 396

浪漫不浪漫

作　　者／平　路
發 行 人／張寶琴
總 編 輯／李進文
主　　編／張召儀
資深美編／戴榮芝
校　　對／蔡昊恩　平　路　蔡佩錦
業務部總經理／李文吉
行銷企畫／許家瑋
發行助理／簡聖峰
財 務 部／趙玉瑩　韋秀英
人事行政組／李懷瑩
版權管理／張召儀
法律顧問／理律法律事務所
陳長文律師、蔣大中律師
出 版 者／聯合文學出版社股份有限公司
地　　址／(110)臺北市基隆路一段178號10樓
電　　話／(02)27666759轉5107
傳　　真／(02)27567914
郵撥帳號／17623526 聯合文學出版社股份有限公司
登 記 證／行政院新聞局局版臺業字第6109號
網　　址／http://unitas.udngroup.com.tw
E-mail:unitas@udngroup.com.tw
印 刷 廠／百通科技股份有限公司
總 經 銷／聯合發行股份有限公司
地　　址／(231)新北市新店區寶橋路235巷6弄6號2樓
電　　話／(02)29178022

出版日期／2007年8月　初版
2017年12月28日 初版三刷第一次
定　　價／300元

ISBN 978-957-522-709-8（平裝）